Der Schatz des Keltenfürsten

PETER B. ZUNKE

Der Schatz des Keltenfürsten

Bibliografische Information der Deutschen Nationalbibliothek:
Die Deutsche Nationalbibliothek verzeichnet diese Publikation
in der Deutschen Nationalbibliografie; detaillierte bibliografische
Daten sind im Internet über http://dnb.dnb.de abrufbar.

© 2019 Peter B. Zunke
Satz, Umschlaggestaltung, Herstellung und Verlag:
BoD – Books on Demand, Norderstedt

ISBN: 978-3-7504-4395-2

1

Ritter Arne steckte fest. Auf der langen Suche nach dem Schatz der Nordmänner war er in diese alte Scheune hinter dem Grenzwall geschlichen, und wie er meinte, von niemandem gesehen worden, und nun durch die morschen Bohlen eingebrochen; und so viel er auch zog und sich bog und hier ruckte und dort drückte, er steckte mit seinem Kettenhemd einfach fest, wie ein Korken in der Flasche. Seine Beine baumelten im Leeren, er war nur froh, dass er nichts gebrochen hatte, dass keine Schmerzen ihm signalisierten, dass es nun ernsthaft würde und er Hilfe brauche.

Aber von vorn und von Anfang an.

2

Es war Anfang Mai gewesen, als der in Samt gekleidete Bote aus der Kreisstadt dem Ritter Arne van Dries die auf sorgsam gewalktem Pergament geschriebene Einladung des edlen Grafen Waldemar von Freierswald überbracht hatte. Die höchst feierliche Einladung zu einem großen Burgturnier auf Schloss Freierswald mit Tanz, Gesang und Ochsen am Spieß kam Ritter Arne gerade recht, zumal er bei der letzten Überprüfung seines Weinkellers dort eine deutliche Leere bemerkt hatte. Ein Besuch in der nächsten Kreisstadt verbunden mit der Einkehr beim freundlichen Weinhändler Thomas Grothe und dort vielleicht ein paar kühle Rheinweine oder gar, wenn vorhanden, von diesen neuen tiefroten Franzosen probieren zu dürfen, schon bei dem Gedanken daran lief Arne das Wasser im Munde zusammen. Er überlegte, es handelte sich also beim Weinhändler um eine Art Geschäftsbesuch. Die gesamte Rüstung mit Harnisch, Lanze, Schild und Helm sollte auf dem zweiten Packpferd verstaut werden.

Auf dem Kettenhemd war sein Hauswappen nur ganz klein aufgestickt. Das Wappen zeigte eine Drachenschuppe in braunrot und darauf lag das dunkelgrüne fünfzackige Blatt des Dries. Einer seiner Vorfahren hatte sich dieses Wappen erworben, als er die mächtige Heilwirkung des Dries erkannt und damals mit einem Sud aus gekochten Driesblättern den Sohn des Königs gerettet hatte. Seitdem war seine Sippe geadelt worden, sie durften jetzt sich »van Dries« nennen. Leider, und das galt für seine Eltern ebenso wie für Ritter Arne, waren mit diesem Titel keinerlei finanzielle Vorteile verbunden.

Immerhin hatte der damalige Ritter hinter seiner Burg einen ziemlich großen Kräutergarten anlegen lassen nach italienischem Vorbild und extra einen Gärtner eingestellt, der ihn zu pflegen und zu bestellen hatte. Im Laufe der Generationen aber war der in vielen Kreisen berühmte Kräutergarten zu einem reinen Küchengarten herabgestuft worden, und zwar leider von den jeweiligen Herrinnen des Hauses Dries, denn diese Damen pflegten mitunter zwar das »van« in ihrem Namen hoch zu preisen, aber dass dieses mit einem simplen grünen Gewächs erworben wurde, das passte ihnen ganz und gar nicht. In der Ritterschaft waren die van Dries zwar geachtet und galten als höchst ehrenwert, aber sie gehörten doch eher zu dem kleinen, dem armen Adel. Ihre Stammburg war nur schmal und eng und sein Vater suchte schon seit etlichen Jahren eine passende Braut für Arne; diese sollte natürlich eine beträchtliche Mitgift in das Haus derer van Dries mitbringen.

Zu Arnes Glück waren die Damen aber, die sein Vater mit tatkräftiger Unterstützung der Tante Marie, die nach dem Tod von Arnes Mutter als Hausherrin fungierte, bislang ins Auge gefasst hatten, entweder zu alt oder zu hässlich gewesen; oder aber, was in den Augen der Tante Marie viel unangenehmer war, sie waren einfach nicht vermögend genug. Arne war sehr froh darüber, denn er liebte seinen Vater sehr und wollte ihn nur ungern betrüben, indem er die Wahl der Braut hätte ablehnen müssen.

Arne suchte rasch seine sonstigen Habseligkeiten zusammen, rief nach seinem Knappen Oskar und ließ diesen seinen Rappen zum Schmied bringen. Neue Hufeisen mussten sein, denn wenn es ein Turnier gab, dann wollte er dabei sein, und mit einem stolpernden Ross konnte Ritter Arne bei den Damen, die doch sicher auf der Tribüne sitzen und winken würden, keinen guten Eindruck hinterlassen. Außerdem sollte er ein zweites Packpferd mit einem ausreichend großen Tragsattel bereithalten, denn Arne beabsichtigte, schon ein paar Kisten guten Weines bei seiner Rückkehr mitzubringen; den größten Teil würde der Weinhändler wie in jedem Jahr sicher mit dem langsamen Wagen des Herbert Pachel auf die Burg senden. Als sein Knappe Oskar wieder zurückgekommen war, wollte er die stolze Rüstung des Ritters auf Hochglanz polieren, die alten Scharniere ausbessern, neue Lederriemen für Rüstung und Gewand zuschneiden und punzieren.

Und dann gab es für Ritter Arne noch einen anderen Grund, zum Grafen Waldemar auf dessen prächtiges Schloss Freierswald zu reiten: das war das Mündel des Grafen, das edle Fräulein Helene.

Er mochte gar nicht daran denken, beim letzten Besuch im Herbst hatte sie ihm so unmissverständlich zugeblinzelt, dass er vor Schreck und Aufregung fast gegen eine Säule gerannt wäre.

Helene hatte aber auch so schöne Augen, sie waren so schwarz wie die Nacht, so unendlich hoch wie der

Himmel, so unergründlich tief wie die Ewigkeit, so verheißungsvoll wie der Gesang der Nachtigall. Ritter Arne schüttelte den Kopf, um ihn wieder frei zu bekommen; aber als er vor dem kupfernen Spiegel stand und sich rasierte, musste er doch immer wieder an Helene denken. Er wischte sich den kahlen Schädel mit dem weichen Lappen. Seit dem Kampf mit dem Drachen hatte er keine Haare mehr. Der Drache hatte ihm damals mit einem einzigen Feuerstoß töten wollen, aber Ritter Arne hatte sich behände unter seinem mannshohen Eisenschild in Sicherheit gebracht, nur sein Helm mit den roten Federn, auf die er so stolz gewesen war, hatte über den oberen Rand des Schildes hinausgeragt, und dieser Helm war unter der Feuersbrunst aus dem Drachenrachen zerschmolzen wie Butter in der Pfanne und hatte ihm sämtliche Haare vom Kopf gebrannt. Seitdem wuchsen diese auch nicht mehr nach, im Gegensatz zu seinem Bart, den er jeden Morgen schaben musste.

Ach ja, Helene!

Gegen Mittag waren alle Vorbereitungen abgeschlossen, Ritter Arne hatte seine neuen roten Tuchhosen angezogen, dazu das nur leicht klirrende Kettenhemd mit dem blauen Umhang und auf dem Kopf das tiefblaue Barett mit den Falkenfedern, das, so hatte jedenfalls Dame Helene ihm bei der letzten Begegnung zugeflüstert, ihm so gut stand, weil es seinen Charakter so betone, sie hielte ihn nämlich für einen edlen Mann mit hochfliegenden Plänen, der zudem genügend Weitblick und scharfen Verstand besitze. Das hatte sich Arne natürlich gut gemerkt und sich diese Worte auch zu Hause immer wieder vorgebetet und so lange immer wieder zitiert, auch beim Holzhacken oder auf der Pirsch, bis er selbst auch daran glauben konnte.

3

Ritter Arne mitsamt seinem Knappen und den Last-
pferden machten sich auf den Weg in die Kreisstadt. Sie
würden für diese Reise etwa drei Tage benötigen, denn
der Weg war oft nur ein kleiner Pfad durch den Wald
oder führte entlang des Flussufers durch Morast und
sumpfiges Gelände, was eine besondere Aufmerksamkeit erforderte.

Knappe Oskar hatte in der Küche einen großen Beutel
an Lebensmitteln mitgehen lassen, wusste er doch aus
langjähriger Erfahrung, wenn Ritter Arne zum Frühstück nicht seine zwei Eier bekam, dann war seine Laune
äußerst schlecht und er schimpfte den ganzen Tag lang
und meckerte an allem herum. Den schweren Beutel
hängte er an den Packpferdsattel neben seine Armbrust,
ohne die er nie vom Hof ging. Oskar wollte nun endlich
auch einmal eine gute Reise haben und freute sich schon
auf die Kreisstadt, denn er wusste genau, was Ritter Arne
dort vorhatte. Und wenn der Ritter beim Weinhändler saß und am polierten Holztisch seine edlen Tropfen
verkostete, dann wollte Oskar ähnliches in der Taverne
am Stadtrand machen. Nur dass er dort statt Wein das
hiesige Starkbier genieße und ihm die Schankmagd
Edeltraut auf dem Schosse sitzen würde und später dann,
ja später, dann würde er der Magd folgen in ihr Käm-
merlein und anders als der Ritter sicher eine tolle Nacht
erleben können.

So ritt der Knappe dann wohlgemut zur Kreisstadt

hin und achtete darauf, am Morgen zum Frühstück ja die beiden Eier für den Ritter zuzubereiten, der war es auch sehr zufrieden, schwirrte es in seinem Kopfe doch immer nur um Möglichkeiten, wie er hehre Gespräche mit der schönen Helene führen und wie er sie am ehesten umwerben konnte. Vor allem aber schwor er sich innerlich, dass er beim Weinhändler nicht wieder so viel durcheinander trinken wolle wie beim letzten Umtrunk dort. Da hatte er am nächsten Tag nämlich einen solchen Kopf gehabt, dass er von der Anwesenheit der Helene fast nichts mitbekommen hatte und erst am späten Nachmittag nach einem ausgiebigen Mittagsschlaf und einem Aderlass beim Doktor wieder in der Lage gewesen war, zum Abendessen auf dem Schloss beim Grafen Waldemar einigermaßen klar und voll bei allen Sinnen zu erscheinen. Da hatte er sich um die Gunst der edlen Dame Helene bemüht und im Wettstreit mit dem fahrenden Minnesänger Balthasar von Hirschberg hatte er sogar dessen Leier gehandhabt und sich zu einem kleinen Loblied auf den Grafen und dessen Verdienste aufgeschwungen, was ihm zu einem bezaubernden Lächeln der Dame Helene verholfen hatte.

So ritten Ritter Arne und sein Knappe Oskar dann, jeder in seine eigene Gedankenwelt vertieft, erst durch den dichten Wald und dann am Fluss entlang, bis sie wieder ein Nachtlager einrichten mussten und sich in ihre mitgenommenen Decken hüllten, denn so nahe am Wasser wurde es in den Nächten doch empfindlich kühl. Und vom Fluss zogen dann in der Nacht weiße Nebelschwaden und verhüllten alles, Bäume und Sträucher, die Pferde, den Wald, den Weg und den Himmel. Kein Käuzchen war zu hören, auch das Wasser in seinem Bett floss lautlos dahin.

Der Knappe wälzte sich ein paar Mal herum, bis er eine geeignete Kuhle im Gras fand, in der er dann traumlos schlummern konnte. Ritter Arne aber schaute in das Grau der Luft und vermeinte, in den Schatten eine Gestalt zu sehen. Er erhob sich von seinem Lager und schritt auf den Schatten zu. Ein Weidenbaum bremste ihn ab, die langen weichen Zweige umschlangen den Ritter und plötzlich hörte er eine leise Stimme klagen:

»Holt mich hier heraus, ich will es Euch auf ewig danken!«

Der Ritter Arne lauschte und versuchte, die Richtung auszumachen, aus der die Stimme kam, und er tastete sich vorsichtig an den Baumstämmen entlang über eine Grasfläche zu einer hohen Eiche. Aus dieser kam die Stimme. Der Ritter betastete den Stamm und fand schließlich ein Astloch in Kopfhöhe und rief zaghaft:

»Hallo! Seid Ihr hier im Baum?«

»Ja! Oh, tut das gut! Da hat endlich einer mein Flehen gehört. Macht schnell, beeilt Euch, bevor der Mond wieder über die Hügel kommt, müsst Ihr mich befreit haben.«

»Aber wie soll ich das machen?«

Arne umrundete den Baum, fand aber keine andere Öffnung.

»Nun hört, Ihr müsst hier am Astloch ziehen, an der linken Seite, so fest Ihr nur könnt, dann wird die ganze

Seite sich öffnen und Ihr könnt mich dann herausziehen. Ich selbst bin viel zu schwach, um auch nur noch einen Schritt gehen zu können.«

Ritter Arne zog am Astloch mit aller Kraft, und siehe da, das Loch erweiterte sich, der halbe Baumstamm klappte wie eine Türe auf. Darinnen steckte ein Mann fest, mit einem langen weißen Bart, er trug dunkle Kleider und eine gelbe Mütze. Arne umfasste ihn und zog ihn mit aller Kraft aus dem Baumgehäuse und bettete ihn ins weiche Gras.

Der Mann seufzte auf und streckte sich lang hin.

»Ahh. Das tut gut. Sich endlich wieder einmal ausstrecken zu können und zu liegen. Ich danke Euch. Wer seid Ihr denn?«

»Ich bin Ritter Arne van Driest, zu Euren Diensten.«

»Oh, ein Ritter. Das ist nett. Da habt Ihr ja eure gute Tat für diesen Tag schon geleistet. Was sag ich, für den Tag, für die ganze Woche, nein, für das ganze Jahr. Und ich will Euch noch folgendes sagen, Ihr sollt reich belohnt werden. So kommt näher und höret.«

Der Ritter setzte sich zu dem liegenden Alten und lauschte. Dieser räusperte sich und erzählte ihm, dass er seit langer, langer Zeit in dem Baum gesteckt habe, denn ein böser Zauberer hatte ihn einst dorthinein gehext. Aber dann war leider dieser Zauberer von einem Riesen getötet worden, so dass er nicht mehr aus dem Baum heraus kommen konnte, denn keiner konnte den Zauber der Bindung lösen. Und seit vielen Jahren war niemand mehr diesen Weg entlang gegangen und so hatte der arme Mann Tag um Tag und Woche um Woche und

Monat um Monat hier im Stamm der Eiche gesteckt und war immer verzweifelter geworden.

»Aber nun seid Ihr gekommen und habt mich errettet. So will ich Euch denn auch ein großes Geheimnis anvertrauen, als Belohnung für meine Rettung. So wisset denn, dass unter den Wurzeln des Kronbaumes in der Ebene vor der Stadt, wo immer die Gerichtsbarkeit tagt und die Übeltäter abgestraft werden, unter den Wurzeln eben dieses Kronbaumes liegt ein Schatz! Es ist der Schatz eines der großen Keltenfürsten. Er liegt acht Ellen genau nach Osten vergraben. Aber den kann man nur dann heben, wenn man den Bann vertreibt, der über ihm liegt. Dieser Bann wurde vor Jahrhunderten verhängt, das war noch zur Zeit von König Augustin dem Räudigen, der hat den Schatz seinerzeit dem Keltenfürsten und seinem Gefolge abgejagt und dort vergraben und den Bannfluch ausgesprochen, als er von seinem Onkel ermordet wurde. Und die Lösung von diesem Bannfluch liegt verborgen in den Tafeln der heiligen Britta. Diese Steintafeln sind im Sockel vom Altar in der Kathedrale zu finden in der Seitenkapelle, wo auch die Gebeine der Britta begraben sind. Ihr müsst den gesamten Schrein untersuchen, auch unter der Spitzendecke und der Fußmatte. Ihr solltet diese großen Tafeln sorgsam absuchen und die lateinische Schrift darauf finden und richtig lesen, dann geht Ihr zu dem Kronbaum und grabt etwa drei Ellen tief in der Erde. Wenn Ihr dann mit der Schaufel auf einen hellen Stein stößt, dann haltet inne und sucht nach der Öffnung im Stein. Das wird nämlich ein Schloss sein, das Schloss für einen Schlüssel. Der Schlüssel wiederum hat die Gestalt eines Dolches bekommen, besetzt mit Edelsteinen. Und dieser geheime Schlüssel wurde geschmiedet von den Elben und an einem verborgenen Ort versteckt, und diesen Ort kann man erfahren, wenn man die Zeichen und Buchstaben auf dem Altar der heiligen Britta richtig zu lesen versteht. Also sucht erst die Schrift am Altar und dann den Schlüssel, mit diesem geht Ihr dann zum Kronbaum, von den Wurzeln wendet Ihr Euch acht Ellen gen Osten und grabt; dann sagt den Bannspruch langsam und laut dreimal, dann wird sich der Stein öffnen und Ihr werdet den Schatz des Keltenfürsten finden und heben können.«

Ritter Arne lauschte mit offenem Mund. Er hatte schon des öfteren von einem solchen Schatz gehört, in den Schänken der Stadt und auch auf den Turnieren war ihm ein solches Gerede über einen großen Schatz des Augustins immer wieder zu Ohren gekommen. Und nun hatte er einen der Weisen gefunden, der genau beschreiben konnte, was es mit diesem Schatz auf sich hatte und wie er zu finden sei. Er beugte sich weiter vor und drückte dem alten Mann ganz fest die Hand und fragte, ob der ihm nicht noch etwas mehr erzählen könne und vor allem, wie er denn heiße, wie sein Name sei.

Der Alte blinzelte mit verschleierten Augen und flüsterte ganz langsam:

»Ich war und bin und werde sein der Alte vom Berge, der in dieser Dämmerung des neuen Tages Abschied nehmen muss. Ihr müsst jedoch noch eines wissen, vor dem Ihr Euch in acht nehmen müsst, denn immer ist dort eben ...«

Ein heller Strahl der Morgensonne kam durch den sich auflösenden Nebel und traf das Antlitz des alten Mannes. Ritter Arne sah ein kleines Lächeln auf dessen Antlitz erscheinen, und dann zerfiel von einem Moment auf den anderen der ganze Mann zu Staub, sein Körper, seine Kleider, alles war nur noch ein wenig Staub auf dem Gras, das jetzt in der Morgensonne glitzerte. In den Tautropfen spiegelte sich der Wald, das Ufer, der schlafende Knappe, die grasenden Pferde.

Arne tastete mit seinen Händen hilflos durch das Gras, da war nichts mehr von dem Alten vom Berge zu finden.

Arne setzte sich verwirrt auf, nach einigen Minuten erhob er sich und ging langsam und nachdenklich zum Ufer des Flusses. Eine seltsame Geschichte über den Schatz des Keltenfürsten hatte er da gehört. Und diese heilige Britta, von der hatte er noch nie etwas vernommen. Aber das wollte nichts bedeuten, er war kein großer Kirchgänger, und seine Mutter hatte ihn auch niemals ermahnt, jeden Sonntag zum Gottesdienst zu gehen. Ihr war viel wichtiger gewesen, denn sie hatte ziemlich Großes für ihn im Sinn, dass er gut lesen und schreiben lernte und fechten und reiten, und das hatte er auch. Bei dem alten kahlen Gottlieb musste er die Buchstaben und das Umgehen mit Zahlen lernen, dann hatte der Fechtmeister Ulrich Vandelooh ihm Angriff und Verteidigung mit Schwert und Lanze beigebracht und den rechten Gebrauch des Schildes, außerdem hatte er bei der Anfertigung von Arnes neuer Rüstung in der Schmiede seine hilfreichen Anweisungen gegeben, so dass Arne eine hervorragende Rüstung angepasst worden war, die zudem noch ganz erstaunlich wenig Gewicht hatte. Dieses schätzte Arne besonders, wenn er hoch zu Ross auf Turnieren mit eingelegter Lanze auf den Gegner zupreschte, denn wegen der Beweglichkeit und relativer Leichtigkeit seiner Rüstung konnte er flinker und gewandter den Stößen des Gegners ausweichen und auf diese Weise hatte er so manchen Zweikampf gewinnen können.

Am Ufer des dahinplätschernden Flusses schlendernd dachte Arne über die merkwürdigen Worte des Alten vom Berge nach. Es sollte kein Problem sein, die Seitenkapelle der Kathedrale aufzusuchen und die lateinischen Buchstaben vom Altar der Britta abzuschreiben. Aber dann? Er selbst konnte nur wenig Latein, er würde also einen Menschen finden müssen, der ihm das übersetzen konnte. Am besten ein Mönch. Denn die Mönche sprachen und schrieben ja fast alles in Latein, die Kirche hatte das so vorgeschrieben, denn das einfache Volk sollte ja nicht so viel von all dem verstehen, was da an Informationen, Wunderdingen oder anderen Merkwürdigkeiten im Gottesdienst gesagt wurde, so wollte man die Gläubigkeit des Volkes vermehren. Das zumindest hatte ihm der alte Fechtmeister gesagt und dabei gegrinst wie ein Schuljunge, der soeben den Meister hinters Licht geführt hatte. Also erst einmal die Buchstaben sorgfältig abschreiben, dann einen kundigen Mönch aufsuchen und ihn dazu bewegen, den Text zu übersetzen, dann je nach Inhalt den Schlüssel suchen und zuletzt auf die Ebene zum Kronbaum gehen und dort graben, dann den Schatz wegtragen und damit ein fröhliches Leben beginnen. Ja, das klang doch ziemlich gut in seinen Ohren und seiner Vorstellung: Ritter Arne der Schatzgräber. Der reiche Ritter Arne.

Von seinen Ideen begeistert warf Arne jubelnd seine Arme in die Luft und lief rasch zum schlafenden Knappen, weckte diesen und sagte, dass sie sogleich aufbrechen würden, gegessen wurde dann im Sattel, und wenn sie in der Stadt wären, dann könnten sie ja in der ersten Herberge ein ausgiebiges Mahl halten, er würde den Knappen dazu einladen.

Sie richteten die Pferde her und ritten los.

4

Der Pfad am Fluss führte sie geradewegs hin zur Kreisstadt, sie sahen von fern schon die festen Mauern und die hohen Türme der Kathedrale in den hellen Himmel ragen. Nur einige weiße Wölkchen waren zu sehen und ein paar hohe Vögel. Je näher sie auf dem staubigen Sandweg der Stadt kamen, desto mehr Menschen trafen sie auf ihrem Weg.

Da waren die Karren der Bauersleute, die für ihre Stände am Marktplatz frische Früchte oder Säcke voll Getreide in die Stadt brachten, da trugen Knechte der Gutsherren Bündel mit Würsten und frisch geschlachtetem Wild und ein hoher Leiterkarren brachte Fässer voll Bier aus dem nahe liegenden Kloster; Kaufleute in reicherer Kleidung mit Spitzenbesatz und Samthüten führten eine kleine Schar an, in der ihre Knechten auf Maultieren die kostbare Fracht von Mehl, Salz und Zucker und anderen Gewürzen trugen. Ritter Arne schaute bedeutungsvoll seinen Knappen an und deutete auf den Leiterkarren aus dem Kloster:

»Da siehst du, was wir gleich zu uns nehmen werden.«

Sie ritten durch das breite Steintor, die Torwachen ließen sie grußlos passieren, denn diese achteten mehr auf die Wagen und die Bündel der Fußgänger, die mussten ihre Habe dann auf langen Tischen auspacken und alles wurde dann auseinandergenommen und durchsucht, denn es war schwer verboten, bestimmte Waren ohne Zollgebühren in die Stadt zu bringen. In den engen ungepflasterten Straßen suchten sie ihren Weg zwischen allerlei Passanten, Hunden und den umherlaufenden Rudeln von wohlgenährten Schweinen, die von den Abfällen aus den Häusern lebten und die alle auf den rechten Hinterbacken rote oder blaue Zeichen trugen, die Zeichen der jeweiligen Besitzer der Tiere, entweder blau für das Kloster oder rot, das waren die Schweine, die dem Grafen gehörten. Endlich fanden Ritter Arne und sein Knappe Oskar dann hinter einigen Biegungen an einer Kreuzung eine achtbar erscheinende Schenke. Sie brachten ihre Pferde in den Hof und ließen sie dort in der Obhut eines mürrischen Knechtes zurück, gingen in die Gaststube und setzten sich an eines der kleinen Fenster. Die dralle Wirtin brachte ihnen frisches Brot, Schinken, Leberwurst und einen Laib Käse sowie für jeden einen großen Krug Dünnbier.

Nachdem sie sich gestärkt hatten, stiegen sie wieder auf ihre Pferde und ritten durch die schlammigen Gassen und mit Unrat an den Rändern gesäumten Wege bis hin zu der Pergamentenmachergasse. Dort hielt der Knappe Oskar die Tiere am Zügel, derweil Ritter Arne hineinging in das einstöckige Fachwerkhäuschen des Pergamentenmachers Hinnerk Reich. Dieser stand auch gleich in der Verkaufsstube, das einzige Gemach im Erdgeschoss, oben wohnte der Hinnerk mit seiner Familie, die aus einer Frau mit zumindest vorerst drei Kindern bestand.

Während des Gespräches mit Ritter Arne hörten sie hin und wieder das Kleinste jammern und klagen.

»Es sind die Zähne!«, flüsterte Hinnerk dann und zog

Arne in eine andere Ecke des Geschäftes. »Es dauert ja immer seine Zeit bei den Kleinen, bis alle Zähne rausgewachsen sind und sie wieder schmerzfrei zubeißen können. Ihr werdet Euch gewiss nicht mehr daran erinnern können, als Ihr selbst Eure Zähne bekommen habt.«

Arne lächelte.

»Oh nein, Meister Hinnerk, ich war noch ziemlich klein damals. Aber ich erinnere mich noch gut an Zahnschmerzen im letzten Jahr, da war mir einer abgebrochen, bei einer harten Hasenkeule.«

Unwillkürlich tastete er mit der Zunge nach der Lücke, dann wandte er sich wieder dem Pergamentmacher zu.

»Ich benötige etwas von Eurem Pergamente, möglichst dünn, möglichst klein, was gut zu verpacken sein sollte. Und dann brauche ich etwas Tinte und ein paar Schreibfedern, ich muss etwas ganz Wichtiges aufs Pergament bringen.«

»Aber gewiss doch, Herr Ritter, sofort!«

Und der Hinnerk eilte zu einem Eschenschrank mit vielen Fächern, er zog hier und schüttelte dort und kam schließlich mit einem Arm voller Pergamentrollen zurück, die er auf dem glatten Holztisch, der mit roten und schwarzen Tintenflecken übersät war, ausbreitete und rollte die einzelnen Pergamente aus.

»Wie gefallen Euch diese hier, haben sie die rechte Größe oder benötigt Ihr etwas noch kleineres? Oder wartet, hier, da hab ich etwas ganz besonders dünnes.«

Und so zeigte er Arne gar manches Pergament, welches je nach Größe des Tieres von Unterarmlänge bis Handspannenbreite groß war. Arne sah, dass die Qualität bei allen sehr erfreulich gut war, man sah kaum die Schabestellen, und die allermeisten waren auch ganz dünn geschabt und ließen sich so auf eine Kleinigkeit zusammenfalten oder rollen. Er nahm drei große Rollen und vier kleine, dazu noch acht Schreibfedern. Meister Hinnerk grinste und meinte: »Wisst Ihr, die sind von den Graugänsen, die im Herbst hier an der Stadt vorübergezogen sind. Die eine, die Meister Gero geschossen hat und uns dann zukommen ließ, die hat ziemlich gut geschmeckt, mir und meiner ganzen Familie. Wir bekommen ja so etwas nur höchst selten auf den Tisch.«

Dazu kaufte Arne noch ein kleines Fass schwarzer Tinte und, was er bei seiner Art zu Schreiben besonders brauchen würde, wie er aus bitterer Erfahrung wusste, ein kleines aber feines Schabmesser, mit dem er eventuell auftauchende Fehler auf dem Pergament wieder ausmerzen, löschen und dann erneut überschreiben konnte.

Der Preis stimmte und sowohl Ritter Arne wie auch Meister Hinnerk waren mit dem Geschäft zufrieden. Draußen verstaute der Knappe Oskar dann die Schreibutensilien in der Satteltasche seines Tieres und sie ritten dann beide weiter durch die Stadt zu der großen Kathedrale, die auf einem kleinen Hügel inmitten der edleren Häuser gebaut worden war und sich hoch erhob in den Himmel. Der hohe Turm erschien auch heute noch Arne wie ein wahres Wunderwerk, er konnte den Blick kaum abwenden und meinte zu seinem Knappen, dass es ihn immer wieder erstaune, was der Mensch so fertig brachte.

»Aber Herr Arne, das kann der Mensch doch nur tun,

weil Gott ihm diese Gabe verliehen hat, seinen Kopf zu gebrauchen. Und er hat auch dafür gesorgt, dass Kopf und Hand gut zusammenarbeiten können. Das ist auch einer der Gründe, warum ich jeden Tag bete, dass mir Kopf und Arm auch weiterhin gute Dienste leisten sollen.«

Arne ließ diese Gedanken in seinem Kopfe kreisen, als sie die Pferde im vorgesehenen Unterstand in der Tornähe der großen Kirche anbanden. Oskar nahm die Schreibutensilien und trug sie dem Ritter nach, der zum Portal mit den aus Ton gebrannten Heiligenfiguren über der Pforte voranging und die schwere Eichentür mit dem Bronzegriff für seinen Knappen aufhielt. Mit schwer dröhnenden Schritten gingen sie über den gepflasterten Boden, durch das schmiedeeiserne Chorgitter nach rechts in die kleine Nebenkapelle, wo der Schrein der heiligen Britta unter einem hohen Glasfenster gemauert war. Auf dem Fenster waren die Taten der Heiligen und die Untaten der bösen Mächte dargestellt, viele tausend bunter Glassplitter zeigten so den Gläubigen ein Bild der hehren Frau, der edlen Dame, der großen Heiligen. Auf dem Schrein waren zwei dicke Wachskerzen angezündet und ein hellblaues besticktes Tuch hing bis zur Hälfte des Schreins herab. Ritter Arne nahm das große Pergament und begann, die Schriftzeichen des Mittelteiles zu kopieren, wobei er nicht vergaß, auch die sogenannten Verzierungen – zumindest hielt er diese merkwürdigen Zeichen für so etwas- auch abzumalen. Fast das gesamte Pergament benötigte er dafür, und weil er sich redliche Mühe gab, ging ihm alles nicht so schnell von der

Hand. Das Licht in der kleinen Kapelle wurde zusehends schlechter.

»Steck doch noch eine Kerze an und leuchte mir hier!«, sagte Arne zu Oskar und dieser tat wie befohlen und hielt die neue Kerze so, dass Arne dann mit dem Kopieren weitermachen konnte. Aus lauter Aufregung oder Anstrengung zuckte seine Zungenspitze mitunter weit aus dem Mund hervor.

»Schaut, Herr Arne, der Himmel wird ganz schwarz.« Knappe Oskar wies mit seiner freien Hand auf das Fenster. Arne blickte unwirsch von seiner Tätigkeit auf und sah, dass sich das ganze bunte Bild im Fensterglas verfinstert hatte, alles schien dunkel zu sein, fast schwarz.

»Aber es ist doch erst gen Mittag!«, meinte er und erhob sich. Da hörten sie den ersten Donnerschlag.

»Also ein Gewitter. Da soll wohl der Himmel sich verfinstern. Aber wenn es jetzt gewittert, dann wird es am Nachmittag wieder hell und freundlich sein, meinst du nicht auch? Aber jetzt komm wieder her, Oskar, und halte mir das Licht. Ich will jetzt die andere Seitenwand abzeichnen.«

Knappe Oskar kam näher und hielt die Kerze so, dass Ritter Arne gut die Buchstaben und Zeichen an der rechten Seitenwand des Schreins sehen konnte. Arne mühte sich redlich und schon bald waren alle Figuren auf ein kleines Pergament gebannt. Er drehte sich um und legte es auf den Boden, denn es sollte noch trocknen. Er hatte den Streusand vergessen und außerdem wollte er diesen nicht in der Kapelle verstreuen.

Da sah er in dem Türbogen eine hohe Gestalt, der

Mann stand reglos ganz in schwarz, sein Umhang war geschlossen, sein Haar ebenfalls schwarz und hing bis auf die Schultern hinab. Reglos stand er in dem Bogen und schaute auf den Ritter und seinen Knappen.

»Ich grüß Euch, Herr«, sagte Arne schließlich, um die unheimliche Stille zu durchbrechen, und erhob sich.

»Darf ich fragen, wer Ihr seid und warum Ihr mich so beobachtet?«

Der hochgewachsene Mann trat einen Schritt hinein in die kleine Kapelle und deutete eine Verbeugung an.

»Ich bin der Domherr Hagen von Hevekost. Ich suche Trost und Hilfe in der Nähe der heiligen Britta. Die hat meinem Haus schon manche Wohltat erwiesen, und so möchte ich ihr auch heute wieder eine Kerze spenden. Lasst Euch in Eurem Tun nicht irritieren.«

Der hochgewachsene Mann trat an den Schrein heran und holte aus dem Umhang eine lange dünne Kerze heraus, die er an einer anderen auf dem Schrein anzündete und dann in der Mitte der gestickten Decke in einer Schale festtropfte. Er bekreuzigte sich und wandte sich um, nickte mit dem Kopf hoheitsvoll und verließ die Kapelle.

Draußen donnerte es immer noch und zuweilen sahen die Männer auch grell einen Blitz zucken, dazu kam jetzt immer stärker das Geräusch des prasselnden Regens. Geräuschvoll blies Knappe Oskar seinen Atem aus und kratzte sich den Schopf.

»Das war aber ein ziemlich großer Herr«, murmelte er vor sich hin.

Ritter Arne zuckte die Achseln und schaute nach dem

großen Pergament, das er auf den Steinfußboden gelegt hatte. Die schwarze Tinte war jetzt getrocknet. Er rollte das Pergament mit allen Buchstaben des Mittelteiles behutsam ein und verschnürte es mit vier langen Flachsfäden, steckte es in den hellen Leinenbeutel und nahm dann eines der beiden kleineren Pergamente zur Hand, Oskar musste nun die blakende Kerze an die linke Seitenwand des Schreins halten, wo Arne dann auch diese Seite kopierte.

Die beiden kleineren Pergamente trockneten an auf dem Fliesenboden, Arne und Oskar saßen auf dem harten Stein und lauschten dem Donner und dem fallenden Regen.

»Dieser merkwürdige Domherr, ob der schon wieder aus der Kathedrale verschwunden ist?«, fragte Oskar und schaute in die Dunkelheit des großen Kirchenschiffes.

»Jedenfalls ist nichts zu hören. Nicht mal das Gebet eines Priesters.«

Es schien so, als seien die beiden ganz allein in dem großen hohen Gebäude. Die Kerzen auf dem Schrein der heiligen Britta brannten allmählich nieder ohne das geringste Flackern, ein Zeichen dafür, dass niemand die schwere Kirchentür öffnete. Nach einer Weile prüfte Arne die Pergamente, die Tinte war jetzt getrocknet, er schob sie zusammen und rollte sie ein, steckte einen Teil in die Umhängetasche und die kleineren unter sein Wams.

»Nur für alle Fälle, wenn die Zeichen nicht alle an der gleichen Stelle sind, dann kann jemand, der nur das eine oder das andere finden oder stehlen sollte, nichts rechtes damit anfangen. Man braucht ja den gesamten Text, um an das Geheimnis zu kommen.«

»Aber wie ist das denn nun damit, habt Ihr nun ein Geheimnis gefunden in dieser Schrift?«

»Leider nein, Oskar. Ich habe jetzt einmal nur die Schrift, nun suchen wir einen Mönch, der uns das übersetzen kann, denn das steht hier in Latein. Und ich kann es zwar lesen, aber ich weiß nicht, was es bedeuten soll. Denn in Latein, ich habe nur bei dem alten Einsiedler für ein paar Wochen etwas von dem Kirchenlatein lernen können, das reicht für das Verstehen der Liturgie im Gottesdienst wohl aus, aber für mehr nicht. Wir müssen also einen recht frommen Bruder suchen, der uns für gute Worte und wenig Geld die ganze Schrift übersetzen kann und will. Aber lass uns erst noch das Gewitter abwarten, die Straßen werden schon matschig genug sein, da müssen wir nicht auch noch wie die nassen Hunde durch die Gegend laufen.«

So warteten sie das Ende des Gewitters ab, das nach Osten abzog. Der Himmel wurde wieder heller und die Glocke der Kathedrale läutete die Mittagsstunde ein. Die beiden Männer gingen aus der Kathedrale und schauten nach den Pferden, die im Unterstande an der Kirche unruhig gewartet hatten.

Die Männer stiegen auf und ritten dann durch das Südtor aus der Stadt heraus.

5

Weißt du, Oskar«, sagte Ritter Arne seinem Knappen, »Wir suchen uns am besten einen Mönch weitab von der Stadt, damit der nicht genau weiß, woher wir den Text haben. Am liebsten wäre mir ein Eremit, so ein frommer Mann, der ganz in seinem Nachdenken über die Schriften in seiner Klause sitzt und eher ein Gelehrter als ein Mönch ist.«

Sie ritten über das Land, das nach dem Regen wie frisch geputzt dalag. Die Wiesenkräuter standen höher und gerader, die Blätter der Büsche und Bäume hingen noch voller Tropfen, in den Pfützen auf dem Feldweg hatte sich das Wasser in den tiefen Radspuren gesammelt. Sie ritten eine Weile wortlos und schauten sich die ruhig daliegende Landschaft an. Leichte Hügel unter dem Horizont, dazwischen nur ein, zwei Gebäude, aber es war kein Rauch zu sehen, also vermutlich waren es Scheunen oder Ställe. Linkerhand standen auf einer Weide ein paar Hengste unter Bäumen, eine Doppellage von älteren Balken umzäunte das Grundstück. Die Pferde wieherten und die Reittiere gaben ebenfalls Laut.

»Jaja, wenn wir doch nur die Tiersprache verstünden«, seufzte Arne. »Dann könnten wir sie weitaus besser behandeln.«

»Aber meint Ihr nicht, Herr Ritter, dass wir dann große Schwierigkeiten bekommen würden? Denn dann wäre es ziemlich schwer, zum Beispiel ein Schwein zu schlachten oder eine Kuh; und wenn ein Hund keine

Lust mehr hat, im Wald eine Fährte zu verfolgen, sagen wir von einem Reh oder Hirschen, wie könnte man den dann verprügeln, wenn er uns um Gnade oder Hilfe anflehte oder auch nur um einen neuen Knochen bäte?! Ich denke mir, das wäre für beide Seiten sehr viel schwieriger, wenn wir Menschen tatsächlich die Sprache der Tiere verstehen würden.«

Arne lachte und meinte, dass er damit wohl recht habe, aber die Idee an sich hätte auch etwas Erfreuliches.

»Denk dir nur, du könntest dich mit einem schönen bunten Schmetterling unterhalten oder einer Amsel und die bitten, zu dem schönen Fräulein X zu fliegen und ihr ein schönes Liebeslied vorzusingen und ihr zu sagen, dass sie von dem Ritter Y so sehr verehrt würde, und die holde Dame würde dann einen Seufzer ausstoßen und vielleicht einen Termin für ein heimliches Stelldichein dem Vögelchen als Antwort mitgeben. Oder die Eichelhäher, die so aufmerksam alles beobachten, was da im Walde so vor sich geht, die würden dann schon mittags kommen und die Ankunft des Steuereintreibers verkünden, dann könnte man schnell verschwinden und der arme Beamte müsste dann enttäuscht und unverrichteter Dinge wieder abziehen.«

»Aber wenn es wirklich so wäre und die Sprache der Tiere von allen verstanden werden könnte, dann würde doch auch der Steuereintreiber die Vögel verstehen können. Dann würde der doch einfach nur zu fragen brauchen, wohin denn der Ritter gegangen wäre, und die Tiere würden ihm antworten und dann brauchte er nur zu warten, es sei denn, er würde ihm nachgehen.«

»Das kann und will ich nicht glauben. Kein anständiger Vogel würde so einem Steuermenschen, so einem Nichts von Gestalt, auch nur eine einzige Frage beantworten. Dafür hätte ich dann schon gesorgt.«

»Na, so wie ich die Beamten von der Steuer kenne, die würden doch glatt im Dorf oder auf der Burg sitzen bleiben und es sich gut gehen lassen und abwarten, bis der Herr oder der Ritter wieder nach Hause kommt, und dann würde er seine Pflichten erfüllen und das Geld schon eintreiben. Wenn es um Geld geht, und das gilt erst recht bei den hohen Herrschaften, dann haben sie alle einen langen Atem und viel Geduld, aber auch die notwendige Entschlossenheit, alles einzuziehen und wenn möglich noch ein wenig mehr. Bei Geld hört alle Freundschaft auf, sagt man doch so. Und erst recht gilt das für die Adligen und Fürsten, wenn es um ihre Einkünfte geht. Täuscht euch nicht, Herr Arne, das wäre keine gute Idee, das mit der Sprache der Tiere.«

Sie hörten ein Klirren hinter sich und dann ein deutliches Getrappel von Hufen. Hinter dem kleinen Hügel, den sie soeben überquert hatten, kam ein Reihe von Reitern ungeordnet und wild brüllend auf sie zugestürmt, die Schwerter in den erhobenen Händen, die Gesichter mit wehenden Tüchern verhüllt.

»Ein Überfall!«, brüllte Knappe Oskar und wendete sein Tier; ebenso machte es der Ritter Arne. Oskar konnte so schnell seine Armbrust nicht mehr vom Packpferd losschnallen, also zogen sie ihre Schwerter und machten sich kampfbereit. Dann gaben sie ihren Pferden die Sporen und ritten auf die anbrausende Schar der Straßenräuber zu und schlugen mit ihren Waffen auf Helme, Hüte, Brustpanzer und Lederkoller ein. Die Gegner hieben mit Morgensternen und schweren Streitäxten sowie ihren Langschwertern auf sie ein. Blut spritzte von verschiedenen leichten Wunden in Haut und Gliedmaßen, die Schreie wurden immer gutturaler und schriller, Metall klirrte hell aneinander und quietschte schrecklich, die Räuber schlugen ebenfalls zu, trafen aber häufig nur die Luft, weil Arne und Oskar mit ihren behänden Rossen schnell und flink sich drehten und wendeten und so versuchten, möglichst wenig Körper als Ziel zu bieten. Ein helles Schwirren und metallisches Klingen ließ die Luft vibrieren, manch Aufschrei ertönte, oft nur ein Gurgeln, wenn ein Hals getroffen wurde, manch Wams trug einen tiefen Schnitt davon. Alle wendeten immer wieder ihre Tiere und ritten wieder aufeinander los, die Hiebe fielen rechts und links, einer der Strauchdiebe sank tot zu Boden, Oskar hatte ihn an der Seite erwischt. Ritter Arne behielt einen kühlen Kopf und bohrte sein Schwert in den Bauch des langen Anführers, kurz oberhalb des Gürtels, der einen goldenen Helm auf dem Kopf trug. Der Mann stöhnte nur auf und fiel aus dem Sattel, Arne hielt sein Schwert weiter in der rechten Hand und holte bei dem nächsten Gegner gerade zu einem tödlichen Stichstoß aus, da rief einer der Männer etwas für Arne Unverständliches und alle Angreifer wendeten rasch ihre Tiere und galoppierten querab durch die Hügel gen Westen. Zurück blieben die beiden toten Straßenräuber und der keuchende Knappe neben dem schwitzenden Ritter. Sie schauten noch ein paar Minuten den Fliehenden nach, bis sie selber wieder zu Atem gekommen waren, dann schauten sie sich an, grinsten beide und säuberten ihre Klingen.

Ach, wenn die holde Maid Helene das doch hätte sehen können! Dann hätte sie wohl eine bessere Meinung über mich, dachte Arne und seufzte sehnsüchtig. Dann könnte ich der Held ihrer Träume sein und würde sie im Gang durch den Obstgarten dann fragen können …

»Schlaft nicht ein, Herr Arne, es ist noch nicht Abend!«

Der Zuruf des treuen Knappen riss Ritter Arne aus seinen freundlichen Tagträumen.

»Das war knapp!«, meinte Ritter Arne und steckte das Schwert wieder in die Scheide. Knappe Oskar stieg ab und untersuchte die beiden Toten. Er fand zwei wohlgefüllte Börsen, die er dem Ritter übergab, und nahm für sich selbst einen kostbaren Dolch von dem Gürtel des Anführers. Dann hielt er den Goldhelm in der Hand und schaute Arne fragend an:

»Sollten wir den nicht auch mitnehmen? Das ergibt sicher einen guten Preis in der Kreisstadt. Die suchen doch immer erlesenen Schmuck für die feinen Herren.«

»Eine gute Idee. Und dann wissen auch gleich alle, dass wir diesen Räuber besiegt haben und dass mit uns nicht gut Kirschen essen ist. Ja, nimm den Helm nur mit, wir werden zwar nicht mehr soviel Geld brauchen, denn die Börsen hier sind ja ziemlich gut gefüllt, davon werden wir uns schon ein paar gute Tage machen können. Aber nimm du den Helm ruhig mit, und was auch immer der wert sein mag, du darfst alles behalten, was du dafür von den Händlern bekommst.«

Oskar strahlte und packte den Helm in eines der bunten Tücher, die der eine Tote noch um den Hals trug, er wickelte den Helm hinein und schnürte diesen in seinem Bündel auf seinem Ross fest. Dann schnallte er seine Armbrust los und sich auf den Rücken. Das sollte ihm nicht noch einmal geschehen auf dieser Reise, dass er sich so überraschen ließ. Den Lederköcher mit den Pfeilen hängte er sich über die Schulter, so dass er an seiner rechten Seite immer zur Hand war. Sie saßen wieder auf und ritten weiter. Sie wollten ja zu dem Mönch, zu dem Einsiedler, denn zumindest Arne wollte endlich wissen, was auf dem Sockel der heiligen Britta geschrieben stand.

Sie ritten durch die geschwungenen Hügel und Täler voller blühender Gräser und Blumen, an vereinzelten Rindern auf eingezäunten Koppeln entlang und kamen an einen kleinen Bach. Dort rasteten sie, ließen die Tiere trinken und aßen selbst auch einen kleinen Imbiss.

»Ob es wohl noch weit ist?«, fragte der Knappe kauend und nahm einen Schluck frischen Wassers aus dem Bach.

»Es wird sich wohl noch etwas hinziehen, denke ich«, meinte Arne. »Die Angaben des Wirtes, den ich gefragt habe, waren nicht sehr genau. Der Einsiedel soll hinter dem Buchenwald auf einem kleinen Berg in einer Höhle hausen; den Berg erkennt man unschwer an den vielen blauen Blumen, die jetzt dort auf der gesamten Kuppe wachsen sollen. Andere freilich sagen, dass dieser Mönch auf einer Insel mitten in einem See hausen soll. So sagte der Wirt jedenfalls.«

Sie saßen wieder auf und ritten weiter. Das Gelände

wurde allmählich hügeliger, der Weg steiler, der Pfad schmaler, doch sie kamen gut voran. Auf einem kleinen Plateau hielt Arne an.

»Ich glaube, mein Pferd lahmt.«

Sie stiegen ab. Tatsächlich fand Oskar, der von Pferden recht viel verstand, keine Stelle an den Pferdebeinen, keine Entzündung, nur das rechte Hinterbein sah etwas geschwollen aus, fühlte sich aber nicht erhitzt an.

»Vermutlich hat ihn da eine Bremse gestochen oder aber bei dem Gefecht hat er was abbekommen, einen Stich vielleicht. Aber es ist nicht schlimm. Ein bisschen Ruhe, und dann ist er wieder wie neu.«

Arne schaute sich um.

»Dann können wir genauso gut hier unser Lager aufschlagen, wenn wir sowieso nicht weiterreiten werden, dann ist dieser Platz so gut wie jeder andere. Und eine Pause müssen wir ja des Tieres wegen machen. Also gut, dann bleiben wir hier.«

Sie sattelten die Pferde ab und halfterten sie an, damit sie frei grasen konnten, sie selbst legten ihre Decken zurecht und suchten in der Umgegend nach Feuerholz, trockenen Ästen oder verdorrten Gräsern, fanden aber nur ein paar verholzte Pflanzenreste.

»Nur gut, dass wir unsere Trinkflaschen am Bach gefüllt haben«, meinte Oskar.

Sie lagerten sich bequem hin und schauten in die Gegend. Kleinere Baumgruppen, ein wenig Gesträuch, viel Grasland, keine Zäune. Der Himmel war hell und wolkenlos, ein paar Vögel schwirrten von den Höhenzügen linkerhand hinüber zu den Bäumen, keine Tiere sonst weit und breit, alles war ruhig und still, selbst der Wind war eingeschlafen.

»Wir werden wohl Wache halten müssen. Ein paar der Räuber sind ja entkommen und, wer weiß, vielleicht wollen sie es noch einmal versuchen und wollen uns im Schlaf überraschen.«

»Das denke ich nicht, Herr Ritter. Denn zum einen sind sie schon weit weg und haben doch Köpfe und Häute voller blauer Flecken und schmerzender Wunden, die werden sie erst pflegen müssen. Und zum anderen, wie sollten sie auch wissen, wohin wir uns gewandt haben. Wir sind an der Gabelung nicht weiter dem Hauptweg gefolgt, sondern haben den kleinen Kuhpfad genommen, oder?«

»Du hast ja recht. Aber ich denke es mir dennoch erforderlich, dass wir abwechselnd wachen. Wer weiß, es werden sicherlich nicht die einzigen Gesetzlosen sein, die hier durch die Gegend ziehen und rauben und plündern wollen.«

So legte sich denn erst der Knappe Oskar auf seinen Sattel, hüllte sich in seine Decke und kurz danach schnarchte er auch schon. Arne schritt derweil müßig umher und schaute versonnen in die Gegend, dachte an das Mündel Helene und hatte auch sonst eher liebliche Gedanken. Bei jedem Knacken aber und jedem nächtlichen Geräusch, das nicht recht in die Stimmung oder Landschaft passen wollte, da hielt er inne und verharrte, die Hand am Schwertgriff. Aber das eine Mal war es nur ein Eichhorn, das raschelnd durch Gras und Busch zu seinem kleinen Vorrat schlüpfte, das andere Mal zog ein

Rebhuhn mit seinen Jungen hinter ihm durch die Senke. Der halbvolle Mond versteckte sich hinter ein paar dünnen Wolkenschleiern, aber überall funkelten Sterne und einmal sah Ritter Arne sogar eine Sternschnuppe fliegen. Sogleich kniete er nieder und flehte um Helenes Liebreiz und ihre Zuneigung. So verging die erste Hälfte der Nacht, und irgendwann weckte er den dann etwas mürrischen Oskar und legte sich selbst zum Schlafen nieder.

6

Am nächsten Morgen gab es ein karges Frühstück mit Wasser, Brot und Käse, dann stiegen die beiden Männer wieder in den Sattel und ritten weiter, zunächst den Hügel hinauf und dann auf der Hochebene weiter, vorüber an kleineren Wäldchen mit Eiben, Buchen und hohen Farnen, dazwischen immer wieder freie weite Sandflächen. Es gab keinen Weg mehr und keinen Pfad, sie ritten einfach an den Rändern der Wälder entlang und folgten ihrem Gefühl und dem Sonnenstand, es ging immer weiter nach Osten.

Als die Nacht kam, machten sie Rast am Waldesrand, sie schliefen kurz und traumlos, wachten aber doch ziemlich munter auf. Dann ging es weiter, und wie immer nach Osten.

Als ihre Mägen sich meldeten, machten sie eine kurze Rast und ließen die Pferde grasen. Dann gingen sie weiter, nahmen die Tiere am Zügel und schritten fürbass durch Gras und Staub.

»Da, Herr Arne, schaut doch mal! So etwas habe ich noch nie gesehen.«

Der Knappe Oskar wies mit der Hand auf einen umgestürzten Baum, der in die Senke eines sandigen Abhanges gerollt war. In der warmen Sonne auf den ausgetrockneten Rinden des Stammes lag ein ganzes Knäuel von grau schimmernden Schlangen.

»Die sind ja fast so lang wie mein Arm!«, meinte Ritter Arne.

»Hoffentlich sind sie nicht giftig!« Oskar zischte die Worte fast.

»Ich mag keine Schlangen. Die sind mir unheimlich. Schon damals, bei der Sache mit der Eva, mit solch einem Getier sollte man sich gar nicht erst beschäftigen!«

Arne schmunzelte. Sie ritten vorüber. Oskar schaute sich immer wieder um, aber die Schlangen rührten sich nicht vom Fleck, sie sonnten sich und züngelten träge.

»Da, schau, das muss es sein!«

Ritter Arne verhielt sein Pferd und deutete nach vorn. Dort lag ein blau schimmernder See, dessen weiches Wasser und Wellen unter der Sonne funkelten wie Edelsteine. Nur ein leichter Wind aus Nord kräuselte die Oberfläche, und inmitten des Wassers sahen sie eine baumbestandene Insel liegen.

Der Knappe Oskar schaute sich um und meinte dann, dass dieser Ort hier genauso gut geeignet wäre für ein Nachtlager wie ein anderer. Also sattelten sie ab und breiteten ihre Decken aus. Oskar suchte nach Ästen und Hölzern für ein Feuer und Ritter Arne bemühte sich, irgend eine Möglichkeit zu entdecken, wie sie wohl auf die Insel kommen sollten. Aber es war kein Boot zu sehen. Zum Floßbau brauchten sie aber eine große Menge Baumstämme, doch es waren nirgendwo welche zu sehen. Keiner lag herum oder am Wasser. Im Gegenteil, das Ufer war voller Schilfpflanzen, das deutete darauf hin, dass es hier eher feucht und sumpfig war, also nicht sehr geeignet für einen Zugang zum See.

Er wandte sich seufzend um und ging zum Lagerfeuer; sie brieten den Rest vom Fleisch, den sie aus der Herberge mitgenommen hatten, und als der Mond hell am Himmel stand und die Sterne funkelten, legten sie sich beide zur Ruhe. Heute Nacht wäre es nicht notwendig, eine Wache aufzustellen, hatte Arne gemeint, denn sie hätten seit zwei Tagen keinen Menschen mehr gesehen und ihre Spuren wären auch schon längst vom Winde verweht.

Sie erwachten von einem lauten Froschkonzert. Es war noch nicht ganz hell, die Sonnenscheibe schob sich aber schnell über den Horizont. Der See lag in einem dunkelgrauen Nebel, in dem es voller Gestalten nur so zu wimmeln schien.

»Seht doch nur, die Nebelgeister!«

Oskar deutete auf die Richtung der Insel, dort konnten sie es wogen und weben sehen, Bilder in fließendem Grau, als ob ein imaginärer Reigen aufgeführt würde, alles schleierte und zerlief wieder in neue Gestalten, Ungeheuer türmten sich auf und Schattenhengste schienen in das Wasser zu stürzen und Riesen mit erhobenen Keulen zerflossen zu Spalieren von Zwergen mit langen Nasen und Hüten, bis die erwärmenden Strahlen der Sonne das Grau immer lichter werden ließen, immer durchscheinender, dann war der Nebelspuk endgültig vorüber und der See lag mit der Insel in der Mitte still und friedlich unter dem Himmel.

Sie aßen schweigend ihre Brotscheiben mit Speck und tranken aus dem Ziegenbalg das restliche Wasser. Dann sattelten sie ihre Pferde und ritten weiter, immer am Seeufer entlang. Der Tag wurde heller, aber sie sahen die Sonne nicht, der Himmel schwebte in hellem Grau über ihnen. Sie sahen keinen Menschen, kein Haus, kein Tier, nur ein paar Vögel kreisten ganz hoch droben. Das Seeufer veränderte sich, das hohe Schilf wurde abgelöst von dünnen Bäumen, die bis in das Wasser hinein wuchsen. Arne hielt sie für Erlen, während Oskar meinte, es könnte sich am ehesten um Weiden handeln.

»Aber Weiden, die haben doch diese ganz dünnen biegsamen langen Zweige, aus denen man so gute Ruten machen kann. Ich erinnere mich noch, als ich als kleiner Junge bei Onkel Martin war, der hat mir dann ein Steckenpferd gebastelt und aus Weidenzweigen eine stramme Rute geflochten. Die hat vielleicht gezogen, ich habe den Müllersohn damit verprügelt. Mann, hat der geschrieen!«

Arne lachte in Erinnerung an diesen Kinderstreich, und Oskar lachte mit. Er hatte seine eigenen Streitigkeiten in der Kindheit meist mit der Faust ausgetragen und selbst gelegentlich ein blaues Auge abbekommen. So ritten sie gemächlich den Vormittag am Ufer entlang. Keiner hetzte sie heute, niemand verfolgte sie mehr, sie hatten ja Arnes vorläufiges Ziel, den See, erreicht. Nun mussten sie nur noch auf die Insel gelangen und dort den gelehrten Mönch finden, der die Schriften übersetzen konnte.

Das Gelände wurde immer hügeliger, die Uferlinie wurde schärfer und dann blieb der Baumbewuchs zurück, das Ufer wurde richtig steil, Arne schien es wie Kreidefelsen zu sein, nur ein schmaler Streifen voller Kies und grauem Geröll lag unter dem gelbweißen steilen Abhang. Sie ritten vorsichtig oben am Rande der steilen Abhänge entlang, und da:

»Schaut an, Herr Ritter, da, diese Hütte!«

Der Knappe Oskar zeigte auf ein braunes Dach, aus dessen Schlot dunkler Rauch steil emporstieg. Sie verhielten ihre Pferde. In einer Art Hohlweg lag ein kleines Haus mit Schindeldach und einem großen eingezäunten Pferch, in dem ein Schimmel graste. Sie ritten langsam näher und Arne rief:

»Holla! Hallo, ist jemand zu Hause?«

Sie stiegen ab. Nichts rührte sich. Arne klopfte an die eichene breite Tür des Hauses. Keine Antwort. Sie schauten sich um. Da gab es im Gras und auf dem Sandweg viele Hufabdrücke und tiefe Schleifspuren zum Wasser hin, hinter der Rückseite des Hauses stapelten sich ein paar Fässer und Kisten, das kleine Fenster zum See hin war von innen mit Brettern fest verschlossen.

Sie banden die Tiere an den Balken des Pferches fest und gingen hinunter zum Wasser.

»Schau, Oskar, hier sind immer wieder eine Menge Boote angelandet. Die Spuren sind eindeutig.«

Oskar zuckte mit den Achseln:

»Vielleicht sind sie auf der Jagd. Oder wollen irgendwo irgendwas machen, wer weiß. Auf jeden Fall werden die Bewohner sicher noch heute zurückkommen, denn wozu sollten sie sonst ein Feuer im Herd weiter brennen lassen? Und der Rauch war doch eindeutig.«

»Da hast du recht. Dann wollen wir einfach hier warten und sehen, wer kommt und wann. Und wenn wir viel Glück haben, gibt es auch eine warme Mahlzeit. Aber lass uns erst noch hier am Ufer weiter suchen, ob wir noch etwas Wichtiges finden können.«

Aber so sehr sie auch suchten, sie fanden kein Boot versteckt, nur in einem Gebüsch ein paar Taureste und einen kleinen rostigen Anker.

So führten sie erst die Tiere in den großen Pferch, nahmen ihnen Sättel und Zügel ab und ließen sie frei grasen, was die wackeren Pferde auch nur zu gern taten; sie selbst setzten sie sich mit Blick aufs Wasser vor das Haus und warteten. Jeder von ihnen hatte so seine Gedanken.

Die des Knappen Oskar waren eher auf die Gegenwart bezogen, gingen um Schlafmöglichkeiten, Nahrungssuche, oder dass er auf dem nächsten Krammarkt, an dem sie vorüberzogen, sich doch endlich ein paar neue Stiefel kaufen sollte, denn die Sohlen waren an beiden Schuhen nicht mehr ganz; wenn er durch nasses Gelände stapfte, dann wurden seine Füße feucht. Ritter Arnes Gedanken hingegen wurden in Vergangenheit und Zukunft hin und her geschleudert, einmal sah er die holde Maid vor sich, das Mündel Helene, wie sie so anmutig durch den Rosengarten ihres Vormunds schritt, dann wieder träumte er sich in eine große Halle, wo viele Ritter und Grafen versammelt waren und er mit erhobenem Haupte auf den König zuschritt, geleitet von goldbetressten Dienern, die Kerzen hielten und eine güldene Kassette, und Helene stand an der Seite und schmachtete ihn an und er sollte eine große Ehrung erhalten und und und …

»Da! Herr Ritter, da kommen sie!«

Oskar war aufgesprungen und zeigte aufgeregt auf den See. Ein dunkler Kahn wurde von kräftigen Händen gerudert und kam immer näher, bis er endlich anlandete. Ein paar Männer sprangen heraus und zogen das Boot auf das Ufer. Dann kletterten auch zwei Männer mit Tonsuren in grauen Mönchskutten von Bord, nahmen ihre großen Bündel auf den Rücken und kamen langsam näher.

Auch Ritter Arne war aufgestanden und grüßte die Ankömmlinge:

»Ich grüße euch, fromme Brüder!«

»Gott sei zum Gruße, edler Herr«, erwiderte fröhlich der eine Mönch, der glattrasiert war. Der andere trug einen dichten schwarzen Bart und schwitzte sehr unter der Last auf seinem Rücken.

»Wir werden euch gleich einlassen in unsere bescheidene Hütte. Wenn ihr euch noch ein wenig gedulden wollt, wir müssen alles erst herrichten, und dann wird es auch Zeit, sich um das Essen zu kümmern.«

»Wir haben euch schon sehnsüchtig erwartet.«

Der Knappe strahlte bei der Erwähnung von Essen. Der schwarzbärtige Mönch hatte unterdessen die Tür des Hauses mit einem großen Schlüssel geöffnet und war darin verschwunden, der andere Mönch setzte seine Last unter dem Fenster ab und gab den anderen Männern, die gerudert hatten und augenscheinlich in Lohn und Brot bei den Mönchen standen, seine Anweisungen. Diese trugen dann ein paar Fässer vom Boot vor das Haus und stapelten sie, dann holten sie aus dem Gebäude ein paar Kisten und kleinere Fässer und legten sie vorsichtig in das Boot.

Endlich bat der glattrasierte Mönch Arne und Oskar hinein, öffnete das Fenster und lud sie an den großen Tisch, der an der Längswand stand. Die beiden nahmen gerne Platz und der glattrasierte Mönch setzte sich zu ihnen, vom bärtigen war nichts zu sehen, er war wohl hinter einer geschlossenen Holztür verschwunden.

»Nun sagt, was Euch denn in diese unwirtliche Gegend treibt. Wie Ihr so ausschaut, seid Ihr ja auf keinem Kreuzzuge oder in sonstiger geistlicher Mission unterwegs, dann hättet Ihr ja zumindest ein violettes Banner mit Euch geführt, oder?«

»Oh nein, Herr Mönch. Wenn ich Euch sagen darf, das hier ist mein treuer Knappe Oskar und ich bin Ritter Arne van Dries, und wir haben Wichtiges auf der Insel mit einem der Mönche zu bereden.«

»Oh, verzeiht meine Ungeschicklichkeit, mit Besuchern haben wir hier in dieser Einöde nur sehr wenig zu tun. Ich bin Bruder Ferdinand vom Inselkloster auf der Klosterinsel. Meinen Mitbruder, den Bruder Ignatz, müsst ihr entschuldigen. Er hat zur Zeit ein Gelübde abgelegt, er darf und will mit niemandem sprechen und auch möglichst wenig Kontakt mit anderen Menschen haben, er hat sich ganz in seine Gebete und mystischen Ahnungen zurückgezogen. Er wird nebenan schon das Abendessen vorbereiten. Etwas schlicht, aber meist sehr schmackhaft, wie ich finde. Ora et labora, bete und arbeite, das ist sein Motto. Aber nun sprecht, was ist das für ein dringliches Anliegen, was begehrt ihr auf dem Inselkloster zu erfahren?«

»Nun, Bruder Ferdinand, wir haben eine Inschrift zu entziffern, und wir hörten, dass auf Eurer Insel ein höchst gelehrter Mönch weilt, der über verschiedene Sprachen Auskunft geben kann. Den möchten wir gern befragen, ob er uns diese Schrift nicht übersetzen kann. Ich selber bin zwar des Schreibens und Lesens mächtig, aber das gilt nicht für fremde Sprachen, schon gar nicht, wenn wie bei unseren Inschriften ein Teil in griechisch und ein Teil in lateinisch geschrieben wurde.«

»Ah ja, ich sehe schon, Ihr wollt zu Bruder Clemens. Bruder Clemens kann eine ganze Menge verschiedener Sprachen, soweit ich weiß, und er ist wohl zur Zeit damit beschäftigt, das große Lied Salomonis aus dem Hebräischen in das Latein zu übersetzen und verfertigt ein wundervolles Pergament dafür. Seine Handschrift ist so präzise, dass der Illustrator viel Mühe hat, zu der feinen Schrift die passenden Bilder zu malen. Das ganze Werk soll dann in die große Prachtbibel des Klosters eingebunden werden. Wenn ich es recht bedenke, dann sitzen jetzt etwa zwanzig Mönche im Schreibsaal und schreiben sorgsam Blatt für Blatt an der zukünftigen Klosterbibel, die dann auf dem Hauptaltar in der Kapelle liegen wird. Jaja, es ist schon eine große Aufgabe, und ich weiß nicht, ob Bruder Clemens da für Euch noch Zeit erübrigen kann. Aber Ihr fragt ihn am besten selber. Morgen, nach dem Frühgebet, wollen wir wieder hinüberfahren, wenn der Fuhrmann rechtzeitig kommt. Denn wir haben wichtige und eilige Dinge wegzuschaffen, und jetzt müssen wir das Boot noch voll beladen, im Kloster wird die Gerste knapp, und wenn wir nicht genug Gerste haben, können wir auch kein Klosterbier brauen.«

»Klosterbier!«

Dem Knappen Oskar lief das Wasser im Munde zusammen.

»Ja, wir machen ein hervorragendes Bier, wenn ich uns selber loben darf. Ihr werdet es ja zum Abendbrot probieren können. Aber jetzt bitte entschuldigt mich, ich muss den Knechten noch Anweisungen geben.«

Mönch Ferdinand stand auf und ging hinaus zu den Knechten, Oskar lehnte sich behaglich auf seinem Stuhl zurück und war in Gedanken schon beim Abendbrot, Ritter Arne fühlte sich einerseits erschöpft, die lange Reise und der Kampf und die Anspannung, es jetzt endlich ans Ziel geschafft zu haben, verlangten ihr Recht, und mit dem Rücken an die Wand gelehnt, schlief er ein.

Jäh wurde er aus seinen Träumen geweckt, als in der offenen Tür Bruder Ferdinand mit einer Kelle an einen Blechdeckel schlug und auf diese Weise das Signal zum Abendessen gab. Die fleißigen Knechte kamen auch eilends herbei und setzten sich um den langen Tisch herum, aus der Holztür trug der schweigsame bärtige Bruder Ignatz einen großen Topf auf den Tisch, ein Eintopf, in dem Schöpsenfleisch mit allerlei Wurzeln und Möhren und viele verschiedenen Kräuter gekocht waren. Dazu gab es dunkles gesäuertes Brot, und Bruder Ferdinand stellte noch ein Fässchen Klosterbier an die Tischecke, jeder erhielt einen hohen Zinnkrug voll. Nach dem Tischgebet, das Bruder Ferdinand laut aber kurz hielt, griffen alle herzhaft zu. Knappe Oskar ließ sich seinen Becher ein paar Mal nachfüllen, Ritter Arne trank nur zwei davon.

»Das Bier schmeckt einfach grandios!«, schwärmte Oskar, »Wenn ich in einer Wirtschaft ein solches Getränk finden sollte, dann würde ich dort Stammgast werden.«

Alle lachten, auch die Knechte sprachen dem Kloster-bräu fleißig zu und nach einer kleinen Weile war das Fässchen geleert. Ritter Arne schaute sich satt und zufrieden um; das war schon etwas, die Mönche in den grauen Kutten zusammen mit den blauen Kitteln der Knechte, er in seinem Kettenhemd und Oskar mit dem etwas schmierigen Wams, von draußen die helle Sonne, von drinnen ein gutes Bier, so konnte man wohl leben. Dann zog einer der Knechte mit einer Kerze zum Boot, er sollte dort wachen, für alle Fälle, damit dem Boot keinen Schaden zugefügt wurde. Alle anderen stiegen die steile Holztreppe an der rechten Wand nach oben zum Dachboden. Dort lagen ein paar Ballen Heu und warme Decken, alle suchten sich einen Schlafplatz und legten sich zur Ruhe, als letzter blies Bruder Ferdinand die Kerze aus und sprach sein Nachtgebet. Bruder Ignatz war in der Küchenkammer geblieben und hatte sein Lager dort, wie Ritter Arne von Bruder Ferdinand erfahren hatte.

7

Am nächsten Morgen in aller Frühe erwachten sie und gingen hinunter in den Hof, wo sie sich an der Pferdetränke ein wenig wuschen und ankleideten, dann gab es nach dem Morgengebet ein Stück Brot mit Weichkäse und einen kleinen Schluck Dünnbier.

»So, nun wollen wir wieder zurück auf die Insel.«

Arne hatte mit Bruder Ferdinand indes geredet, er konnte seine Pferde hier auf der Weide lassen, Bruder Ignatz, der nicht mit zurück fuhr, würde sich schon um die Tiere kümmern. Die Knechte schoben das Boot ins Wasser, alle stiegen an Bord, zuletzt kam Bruder Ferdinand mit einer Kiepe voller Hühnereier. Er setzte sich ganz im Heck an das Ruder, einer der Knechte stieß sie ab und schwang sich über die Brüstung hinein und dann ruderten sie hinaus, direkt auf die grüne Insel zu.

Als Ritter Arne nach etwa einer guten Stunde schon meinte, dass sie jetzt gleich ans Ufer stoßen würden, da zerteilte der Bug des Bootes das Bild der Insel wie mit einem Küchenmesser und sie glitten wie durch einen bemalten Vorhang hinein in ein leicht gewelltes Wasser, das in seiner Farbe auch viel dunkler war. Die Knechte holten die Ruder ein, dann nahm Bruder Ferdinand die Weidenkiepe voller Eier und ließ diese langsam und vorsichtig über Bord gleiten. Der Eierkorb verschwand in einer dunkelblauen Tiefe, und Ritter Arne schien es so, als ob ganz viele weiße Arme den Korb umklammerten und ihn nach unten zogen. Bruder Ferdinand bewegte die Lippen in einem unhörbaren Gebet, dann seufzte er und lächelte in die Runde:

»Die Herrin des Sees hat unsere kleine Gabe dankbar angenommen und wünscht uns eine gute Fahrt. Es kann jetzt ungehindert weitergehen, alles ist vortrefflich ausgerichtet.«

Die Knechte legten sich wieder in die Ruder, Bruder Ferdinand steuerte mit fester Hand und sichtlich frohen Mutes und in guter Fahrt glitt das Boot über die kleinen Wellen. Dann sah Ritter Arne am Horizont einen Schatten, der immer größer wurde, es war die Insel. Sie fuhren in einen kleinen gemauerten Hafen ein und machten das Boot fest, alle kletterten hinaus, die Knechte luden Fässer, Kisten und Packrollen aus, Bruder Ferdinand führte die beiden Gäste einen gepflasterten Weg entlang durch hohe Pinien zu einer weiten Fläche, auf der seltsame Zeichen auf den Rasen gemalt waren. Er lächelte breit und sagte:

»Hier ist unser Feld der Ertüchtigung. Wenn ihr bis zum Monatsende bleiben solltet, da haben wir wieder eine Quest. Das wird sicher wieder sehr spannend werden, wenn die Brüder sich gegenseitig versuchen, auszustechen, es soll in diesem Jahr sogar einen Sängerwettstreit geben. Ich würde mich freuen, wenn ihr solange bleiben könntet.«

Ritter Arne und Knappe Oskar wurden zu einem hohen Gebäude aus hellem Sandstein geführt, es ging eine Treppe empor, dann kamen sie in einen breiten Flur, auf dessen linker Seite viele hohe Türen waren, die rechte Seite war wie eine Galerie frei, immer wieder durch Rundsäulen unterbrochen, die zwischen breiten Bögen standen und den Blick auf einen Innenhof freigaben. Bruder Ferdinand führte sie bis zu einer mit reichen Schnitzereien verzierten sehr breiten Tür, einem richtigen Portal, am Ende des Ganges. Dort bat er sie zu warten, ging durch die Tür und schloss diese hinter sich.

Neugierig trat Knappe Oskar an die offene Galerie und schaute in den Hof. Ritter Arne trat neben ihn, sie sahen den rasenbedeckten Innenhof mit dem großen Steinkreuz in der Mitten, das ganze Kloster war wie ein Viereck mit seinen doppelstöckigen Gebäuden aus dem eher gelblichen hellen Sandstein um diesen Innenhof angeordnet. Das Erdgeschoss hatte einen Umgang, den Kreuzgang, der für verschiedene kirchliche Rituale benötigt wurde, und der freien Zugang zum Innenhof hatte.

Das Portal öffnete sich und Bruder Ferdinand bat die beiden herein. Sie kamen in einen großen Raum, das Arbeitszimmer des Abtes, vollgestellt mit Regalen voller Pergamentrollen und eingebundener Folianten, in der Mitte ein großer Eichentisch, auf dem sich Pergamente stapelten, zwei bronzene Schreibgefäße standen neben Zinnbechern voller Federn, Tintenfläschchen, eine Schüttdose mit Schreibsand und etliche hohe grüne Flaschen mit gut verschlossenen Hälsen.

Hinter dem Tisch saß der Abt, eine ehrwürdige Gestalt in grauer Kutte, ein weißer Haarkranz um den sonst kahlen Schädel, darunter ein faltiges längliches Gesicht mit forschenden Augen, die die Neuankömmlinge musterten. Bruder Ferdinand stellte ihn als Abt Servatius vor und nannte die Namen von Ritter Arne und Knappe Oskar, dann sprach der Abt mit einer knöchern klingenden Stimme:

»Ich heiße euch hier in unserem Kloster willkommen. Ich hörte, dass Ihr in einer bestimmten Mission unterwegs seid und mit Bruder Clemens etwas für Euch Wichtiges bereden wollte. Nun denn, ich gebe Euch die Erlaubnis: Solange es dauern mag, dürft Ihr beide Euch hier im Kloster aufhalten. Ihr solltet an den Gottesdiensten teilnehmen und ansonsten die Brüder in ihrem frommen Tun nicht allzu sehr stören. Gehet nun hin mit Gottes Segen und möget Ihr Erfolg haben mit Eurer Mission.«

Der Abt winkte huldvoll und Bruder Ferdinand führte die beiden wieder hinaus. Auf dem langen Flur führte Bruder Ferdinand sie dann hinüber in das gegenüberliegende Gebäude, wo sie im Obergeschoss ihr Quartier bezogen, eine kleine Kammer mit zwei Strohsäcken unter einem Fensterlein.

»Waschen könnt Ihr Euch dann direkt unter diesem Zimmer, da ist unsere Badestelle; gegessen wird immer dann, wenn die Glocke läutet, am Morgen ganz früh, dann nach dem Morgendienst, und am Abend bei Sonnenuntergang. Zu Mittag nehmen wir hier nur eine Kleinigkeit, ein Bissen Brot bei der Arbeit. Wenn Ihr wollt, könnt Ihr auch gern unsere Brauerei besichtigen und dort mithelfen, wenn Ihr wollt.«

»Ich möchte gern zuvördest aber den Bruder Clemens sprechen«, sagte Ritter Arne. »Wenn das möglich ist.«

»Natürlich, dann machen wir es so, ich führe euch

zu Bruder Clemens und euer Knappe kann solange die Brauerei besichtigen und dort etwas aushelfen.«

Oskar war sofort dafür, allein das Wort Brauerei genügte, um ihn mit Energie aufzuladen, und er folgte gern den Anweisungen des Bruders, der ihm den Weg dorthin wies.

Den Ritter führte der Klosterbruder dann zu einem kleinen etwas abseits gelegenen Holzhäuschen, das einen guten Blick auf den See bot. Dort klopfte Bruder Ferdinand an die Tür und öffnete diese sogleich, trat mit Ritter Arne ein und sie begrüßten einen kleinen dicken Mönch, der inmitten von Pergamenten, Schreibfedern und leeren Zinnkrügen in einem bequemen Lehnstuhl saß vor einem weit offenen Fenster und offenkundig ein dickes Buch, in Schweinsleder eingebunden, studierte. Er blickte erst unwirsch, dann aber freundlich auf und fragte gleich, ob sie ihm sein Feierabendbier gebracht hätten.

»Aber nein, Bruder Clemens, es ist doch erst kurz vor Mittag. Ich habe dir etwas viel Besseres mitgebracht, nämlich eine Überraschung. Ein Rätsel, eine geheimnisvolle Inschrift. Und hier der Besucher, der Ritter Arne van Dries.«

Arne verbeugte sich höflich, Bruder Clemens nickte kurz in seinem Lehnsessel mit dem runden Kopf und seine Äuglein schauten neugierig drein.

»Was ist das denn, das Ihr mir mitgebracht habt, was für eine Art Rätsel soll ich denn für Euch lösen?«

Während Bruder Ferdinand wieder ins Kloster zurückging, erzählte Arne dem Mönch von seiner Begegnung mit dem Alten vom Berge; Allerdings verschwieg er ihm die Sache mit dem verborgenen Schatz, er berichtete nur von dem geheimnisvollen Gegenstand, den es zu finden galt und dessen genaue Lage in der Inschrift am Sockel der heiligen Britta zu finden sei. Er zog die sorgfältig abgeschriebenen Pergamente aus seinem Wams und gab sie Bruder Clemens. Dieser sah sie kurz durch, dann setzte er sich etwas auf und meinte, dass es wohl nicht sehr schwer sei, sie zu übersetzen.

«Obwohl es mir doch seltsam dünkt, dass hier immer wieder das klare Latein mit griechischen Buchstaben durchsetzt wird und ich bisher nicht erkennen kann, was das soll, warum das so gemacht wurde. Aber wir werden es schon gemeinsam herausbekommen, nicht wahr?»

Und dann lugte er hinter den Pergamenten hervor und fragte fast ein wenig spitzbübisch, ob ihm der edle Ritter wohl eine Kanne Bier besorgen könne.

Der Ritter wollte und ging los. Den Weg zur Brauerei hatte sein Knappe Oskar ja vorhin erst erklärt bekommen und Arne hatte ein gutes Gedächtnis, so konnte er ohne große Mühe den Eingang zur Brauerei finden, schon der Duft allein hätte ihn sicher geleitet. Dort bat er einen der Knechte, der in diesem Nebengebäude mit einem hanfenem Hemd und einer dicken Schürze aus gegerbtem Kuhfell bekleidet war, nach einer Kanne Bier für den Mönch Clemens.

»Ach, der schon wieder. Wenn wir nicht aufpassen, dann würde er den ganzen Tagesvorrat wegtrinken. Aber er ist ja ansonsten ein geselliger Mönch. Ich werde euch einen großen Krug bringen, der sollte dann auch für

Euch mit ausreichen. Aber passt auf, dass Ihr auch Euren Teil davon abbekommt.«

Der Knecht verschwand hinter einer Tür und kam kurz darauf mit einem großen Zinnkrug zurück, den konnte Arne nur mit beiden Händen halten. Damit kam er zurück in Clemens kleines Holzhaus, wo der Bruder schon eifrig auf der Rückseite eines gebrauchten Pergaments schrieb, vor sich ein Stück des Sockeltextes. Aus dem großen Krug füllte er sogleich einen Becher voll ab, trank und wandte sich wieder dem Pergament zu, schrieb, strich aus, verbesserte und legte die Stirn in Falten, schaute auf, nahm wieder einen kräftigen Schluck und schrieb weiter. Ritter Arne füllte sich ebenfalls einen Becher und setzte sich auf den Schlafsack des Mönchs, trank und schaute auf den See hinaus.

Der Bruder Clemens knüllte dann plötzlich das Pergament zusammen und fluchte zornig mit erhobenen Fäusten, was für eine selten dämliche Hand nur den Meißel geführt haben könnte, die eine solche Inschrift in den Sockel der heiligen Britta gehauen habe. Dann wandte er sich um zu Arne und sagte wieder ganz ruhig, dass er sich für die unflätigen Worte entschuldige, aber so etwas wie diese Schrift sei ihm all die Jahre noch nicht untergekommen.

»Das ergibt alles keinen Sinn. Es gibt keine Sätze in diesen Buchstaben. Und dann immer wieder diese griechischen dazwischen, seid ihr sicher, dass ihr es genauso abgeschrieben habt wie es dort stand?«

»Aber ja. Ich habe alles genau so auf das Pergament geschrieben, wie es auf dem Sockel eingemeißelt wurde, auch die schrägen Striche hab ich mit aufgenommen, wie ihr seht.«

»Hm. Das alles ist höchst merkwürdig, es ergibt keinerlei Sinn.«

Mönch Clemens glättete das Pergament wieder und hielt es vor sich, betrachtete es lange und ausgiebig. Dann auf einmal lachte er auf und rief:

»Jetzt weiß ich. Jetzt hab ich es herausgefunden. Schaut her!«

Und als Ritter Arne zu ihm trat, zeigte der Mönch ihm aufgeregt mit dem Zeigefinger die einzelnen Buchstaben:

»Seht her, wir sind es doch gewohnt, dass wir die Zeilen von links nach rechts lesen und auch schreiben, dieser hier wollte offenkundig das Geheimnis gut bewahren, und da hat er einfach den Inhalt von oben nach unten aufgeschrieben. Seht her, wenn man von oben nach unten liest, dann ergibt es einen Sinn. Der Anfang ist dann: Wie die hohe Herrin Britta meine Familie gerettet aus großer Not und mein Sohn und Erbe leben konnte. Jetzt hab ich es! Jetzt wird auch der Rest nicht mehr so schwer zu finden sein!«

Auch Ritter Arne freute sich, kam er doch endlich einen guten Schritt weiter.

»So, mein guter Ritter, lasst mich jetzt allein hier weitermachen, jetzt, wo ich den Schlüssel gefunden habe. Ich kann mich dann weit besser konzentrieren, wenn ihr mir nur noch das Bier in Reichweite hinstellen möget.«

Und so ging Ritter Arne dann hinaus und überließ den Klosterbruder seinen lateinischen und griechischen

Buchstaben. Er schlenderte herum und kam an das See-ufer, wo zwei, drei Knechte und ein Mönch in einem kleinen Boot anlegten. Sie hielten ein paar dicke Stricke fest und zogen diese mit an Land, der Mönch bat Ritter Arne, doch mit anzufassen, sie wollten das Schleppnetz einholen. Arne packte gern mit an die Taue und alle Männer zogen langsam aber stetig das Netz an das Ufer heran. Je näher das Netz kam, desto schwerer wurde es, bald schon konnten sie die ersten geflochtenen Netzstü-cke ergreifen und damit besser zugreifen, aber es dauerte eine ganze Weile, bis das Ende in Sicht kam.

»Jetzt ist er da, der Netzsteert!«, jubelte ein Knecht und sie zogen den vollen letzten Teil ans Ufer. Silbrig und blauschwarz glänzende Fischleibe krümmten sich und schnappten mit weit geöffneten Augen. Zwei der Knechte schaufelten die Fische in eine Holzkarre, den Beifang aus Taschenkrebsen, Algen und Seenadeln war-fen sie wieder zurück ins Wasser. Rasch war die Holz-karre mit den schuppigen Tieren gefüllt und zufrieden zogen zwei der Knechte damit von dannen. Der Mönch dankte Arne für seine Hilfe und versprach ihm ein fang-frisches Abendbrot, denn der Koch verstünde sich auf die Zubereitung der Fische.

»Und morgen, am Freitag, da gibt es dann seine be-rühmte Fischsuppe, und manch einer unserer eher sel-tenen Besucher hat sie sogar mit der Bouillabaisse ver-glichen, die am Hofe des Kaisers verspeist wird.«

Ritter Arne lächelte und beschloss, mit seinem eigenen Urteil über die Fähigkeiten des Klosterkoches bis zum Ende der Mahlzeit abzuwarten.

Nach dem Essen fand auch Ritter Arne, dass der Koch des Klosters sein Handwerk wirklich gut verstand, die Mahlzeit hatte vorzüglich geschmeckt. Er trank mit seinem Knappen noch in aller Ruhe einen Krug vom Klosterbier und ging dann hinüber zu der kleinen Hütte des Übersetzers. Dort empfing ihn schon der Bruder Clemens ganz aufgeregt und berichtete ihm, dass er nun die gesamte Schrift von dem Sockel habe übersetzen können.

»Seht her, Herr Ritter, ich habe alles hier auf dieses alte Pergament geschrieben, und überall, wo diese störenden griechischen Buchstaben zwischen den Wörtern standen, da habe ich ein () hinein gesetzt. Jetzt könnt ihr die gesamte Schrift lesen, aber ich sage euch gleich, von einem geheimnisvollen Gegenstand ist da nichts zu lesen.«

Arne nahm das alte Pergament und las:

»Wie die hohe herrin britta meine familie gerettet aus großer not und mein sohn und ()erbe leben konnte.räuber kamen in unseren ()hof und nahmen mir sohn und frau die ()rose meines lebens entführten sie ()nach süden zu den sümpfen sie hungerten wie auch die tiere ohne () futter im ()stall ich folgte ihnen da flog herrin britta mit strahlender helle zu ihnen und die räuber sanken gefällt zu ()boden wie ein ()alter sack gepriesen sei britta für allezeit «

Arne las und las noch einmal, was der alte Mönch aufgeschrieben hatte. Auch er konnte keinerlei Hinweise auf den verborgenen Sinn sehen. Dann fragte er:

»Und was ist mit den griechischen Buchstaben, haben die vielleicht etwas zu bedeuten?«

»Aber ja. Wenn ich die griechischen Buchstaben richtig zusammensetze, dann kommt das Wort EUTHERPE heraus. Das ist eine der Musen, ich denke, es ist die Muse der Tanzkunst. Und das hinwiederum könnte gut passen, denn man sagt von der heiligen Britta, dass sie in ihrem irdischen Leben oft und gern getanzt habe, sie soll auf vielen Festivitäten geglänzt haben und sei wegen ihrer Eleganz oft gerühmt worden.«

»Also wäre das wieder ein Hinweis auf die heilige Britta.«

»Aber gewiss doch. Ich denke, die ganze Inschrift ist eine Huldigung an Britta, von einem ziemlich reichen und mächtigen Mann in Auftrag gegeben.«

»Hm. Ich finde auch nichts Geheimnisvolles darin. Aber habt dennoch meinen Dank. Ich werde noch ein paar Tage darüber nachgrübeln, und dann will ich wieder meinen Alltagsgeschäften nachgehen, ich muss noch zum Grafen Waldemar von Freierswald, der hat schon vor Wochen nach mir geschickt, weil er auch einige wichtige Aufträge für mich hat.«

Er verabschiedete sich vom Mönch Clemens, ließ ihm aber durch seinen Knappen Oskar noch eine große Kanne Klosterbier bringen. Beim Abendbrot erfuhr er von Bruder Ferdinand, dass in zwei Tagen wieder ein Boot zum Festland fuhr. Erst musste aber noch genügend Bier gebraut werden, denn diesmal sollte die Sendung an die Kreisstadt gehen, die Wirte dort hatten für das Fest eine große Bestellung aufgegeben, und die Mönche waren natürlich sehr erfreut darüber, denn so bekamen sie wieder einmal etwas Geld in die meist leere

Kasse. Denn, wie Bruder Ferdinand ihm erzählte, konnten sie zwar einige Nahrungsmittel auf der Insel selbst herstellen, aber für die vielen Menschen und erst recht die Tiere hatten sie nicht genügend Getreide, außerdem brauchten sie das nicht nur zum Brot backen, sondern auch zur Bierherstellung, Gerste und Hopfen und Weizen, Malz kam ebenfalls vom Festland; und dann waren da noch die Rinder, die grasten auf dem Festland in ihren Weiden, die schon seit alters her dem Kloster zu eigen waren, einstmals wohl von frommen Bauern gestiftet oder in blutigen Schlachten erworben von den Verlierern. Nun graste dort das Vieh und wurde auch auf dem Festland geschlachtet, das Fleisch wurde zur Insel mit den Booten geschafft, die Würste kamen meist in die geduckten Räucherhäuser, die hinter der kleinen Anlandungsstelle lagen. Mit den Gasthäusern der Kreisstadt hatte sich ein regelrechter Tauschhandel entwickelt, die Wirte bekamen vom Kloster Bier und mitunter auch gebrannten Wein, also Schnaps, den sie aus Birnen, Äpfeln und Mirabellen herstellten und der in der ganzen Gegend sehr geschätzt wurde, dafür erhielten die Mönche im Gegenzug säckeweise Malz und Gerste, Bohnen und Rüben sowie, nicht zu vergessen, Salz und Zucker.

Vor allem das Salz war ein begehrter Handelsartikel, denn es musste von weither herangeschafft werden, und so manche Salzkarawane wurde überfallen, denn auch die Wegelagerer wussten um diese Kostbarkeit, mit der sie dann selber Dinge eintauschen konnte, Messer zum Beispiel oder scharfe Lanzen oder gar Schwerter. Auch Schmiede wollten leben und so manch einer von ihnen hatte unter seiner schmalen Lagerstatt ein heimliches Salzfass verborgen. Salz war etwas überaus Kostbares, es wurde in jedem Haus benötigt, ob auf einer Burg oder bei einem kleinen Bauern, ohne Salz gab es keine gute Mahlzeit, konnte kein Lebensmittel lange haltbar gemacht werden, konnten die Kaufleute keine Fische weit übers Land in den hohen Fässern versenden; Salz war für Tier und Mensch einfach eine Lebensnotwendigkeit. Es gab sogar Landstriche, in den gar keine Münzen mehr angenommen wurden, denn zu oft hatten die Leute dort gefälschte Dukaten oder Heller angeboten bekommen, in diesen Gegenden wurde nur noch mit Salz bezahlt. Das konnte genau abgewogen werden und jedermann wusste um dessen Wert und war in der Lage, unschwer dessen Reinheit zu überprüfen. Es ging bisweilen das Gerücht um, dass sogar der Kaiser aller Lande statt Juwelen und Golddukaten sein Gewicht an seinem Geburtstag in Salz aufgewogen haben wollte.

Dieses Geben und Nehmen, dieser Tauschhandel, war für alle sehr erfolgreich und beliebt. Man ersparte sich so das zuweilen äußerst schwierige Umrechnen von Münzen anderer Länder und Provinzen, man konnte sofort sehen, was man eintauschte und welche Qualität die Ware hatte, und die Verhandlungen über Verkäufe waren nicht so endlos und streitig, sondern meist wurde man schnell handelseinig. Und dann kam noch bei Geschäften mit dem Kloster der sogenannte Gotteslohn dazu, und wenn die Mönche versprachen, eine zusätzliche Messe zu lesen, dann waren es alle zufrieden. Wie Bruder Ferdinand ihm vertraulich zuflüsterte, gab es im

Kloster den Bruder Salvatore, der für die Fremdmessen zuständig war und der jeden Tag von der Frühe bis in die Nacht nichts anderes zu tun hatte, als in der Kapelle Messen zu lesen. Er hatte sich im Laufe der vielen Jahre eine besondere Art und Weise des Gesanges angeeignet, mitunter wurde er Besuchern direkt vorgeführt.

»Und ich kann euch sagen, er ist so schnell und dabei kommt jedes Wort genau und präzise aus seinem Mund, aber man kann oft nicht so schnell hinhören, wie er es aussprechen kann. Ein wahrhafter Virtuose der Messe, unser Bruder Salvatore.«

Am nächsten Morgen wurde das größte Langschiff beladen mit vielen Fässern, großen und kleinen, und dann gingen Ritter Arne und sein Knappe Oskar mit an Bord. Sie stießen ab und vier Knechte hatten zunächst Mühe, das schwerbeladene Boot in Bewegung zu bekommen, aber dann machte es eine schnelle Fahrt, hinein in einen sonnigen Tag. Der See lag still, kaum Wellen, und etwa auf halber Strecke verhielten die Knechte die Ruder, alle warteten, dann tauchte links vor ihnen ein weißer Arm aus der Tiefe auf, der einen nun geleerten Weidenkorb empor hielt. Bruder Ferdinand, der am Steuer saß, lenkte das Boot dorthin und nahm den Korb an Bord. Er wandte sich Arne zu und lächelte:

»Die Herrin des Sees hatte augenscheinlich großen Appetit. Ich werde daher auf der Rückfahrt wohl wieder einen vollen Eierkorb mitnehmen müssen. Nun aber haben wir freie Fahrt.«

Er gab den Knechten ein Zeichen und dann ging die Fahrt weiter.

An der Landestelle bildeten Knechte verstärkt von Arne mit Oskar eine Menschenkette, zu der sich auch noch zwei Knechte und Bruder Ignatz aus dem kleinen Landhaus gesellten; sie konnten auf diese Weise gut all die Fracht ausladen. Als das Boot dann leer geworden war, zogen es die Knechte an Land, damit keine Nachtstürme mit hohen Wellen es wegtreiben konnten. Am Nachmittag gingen Arne und Oskar zu ihren Pferden, die sich auf der Weide gut erholt hatten vom langen Ritt und sie mit einem freudigen Wiehern begrüßten. Dann saßen fast alle vor dem Haus in der Sonne an den grob gezimmerten Bänken und tranken vom frischen Klosterbier. Ritter Arne zog noch einmal das Pergament aus seinem Wams und studierte es, zeigte es auch Oskar und murmelte vor sich hin:

»Wenn ich nur wüsste, was das zu bedeuten hat. Ich kann seinen Sinn einfach nicht finden.«

»Dann nehmt doch nur diese griechischen Zeichen«, meinte Oskar.

»Aber das nützt mir ja nichts. Dieses Griechische bedeutet doch nur zusammengenommen Eutherpe, das ist eine der Göttinnen, die Muse des Tanzes.«

Sie blickten beide wie gebannt auf das Pergament. Plötzlich schlug sich Arne an die Stirn:

»Weißt du, jetzt hab ich es, das muss dieser Bannspruch sein, von dem der Alte vom Berge gesprochen hat. Mit dieser Eutherpe kann ich den Bann lösen und dann den Schatz heben!«

Sie schauten sich an und lachten wie erlöst.

»Und diese anderen Stellen, ich meine, was dann kommt?«

Arne las dem Knappen halblaut vor, was da stand:

»Erbe Hof Rose Nach Süden.«

»Ach, meint Ihr vielleicht den Erbhof Rose? Da bin ich schon einmal gewesen«, mischte sich Bruder Ferdinand ein. »Wenn Ihr hinter der Stadt nach Westen weiterreitet, dann kommt Ihr dahin.«

»Wohin?«

»Zum Erbhof Rose. Ihr müsst nämlich wissen, es gibt hier in der Gegend zwölf Erbhöfe, und einer davon ist der vom Großbauer Rose. Das ist ein wirklicher Prachthof, und eine ganze Anzahl guter Rinder hat der. Ich glaube, er züchtet auch Pferde, jedenfalls habe ich auf dem Viehmarkt in der Stadt schon ein paar gesehen, von denen man mir sagte, dass sie vom Erbhof Rose abstammen würden.«

»Erbhof Rose. Ja, nun macht es einen Sinn! Ich danke euch, Bruder Ferdinand. Ihr habt mir wahrlich ein gutes Stück weitergeholfen bei der Lösung meiner Schwierigkeiten.«

»Wozu ist denn die Geistlichkeit da, wenn nicht auch zur Lösung aller weltlicher Schwierigkeiten. Ich werde auch Euch und Euer Vorhaben in mein Abendgebet einschließen.«

Bruder Ferdinand meinte es ganz ernst, und Ritter Arne auch. Jetzt wusste er endlich, was er zu tun hatte. Er würde sich genau an den Plan auf dem Pergament halten, zu diesem Erbhof reiten und dann genau nach Süden. Dann würde er nach einem Futterstall suchen müssen, dort auf dem Boden sollte dann wohl der Schlüssel zu diesem Schatz in einem alten Sack verborgen liegen.

So jedenfalls las er die Übersetzung der Sockelinschrift jetzt nach Bruder Ferdinands Hilfestellung. Frohgemut mit neuem Schwung klopfte er Oskar auf den Rücken und schlug ihm vor, am frühen Morgen gleich nach dem Frühstück aufzubrechen, und zwar genau in Richtung Stadt.

Knappe Oskar war sehr damit einverstanden, er hoffte bei einem Besuch in der Stadt auf ein neues Paar Stiefel. Der lange Ritt und der Kampf hatten seinen bisherigen nicht gut getan, ein langer Riss zog sich quer über die Sohle.

Die Sonne ging unter, und sie nahmen mit den Knechten und Mönchen das Abendbrot ein und legten sich schon früh auf die Strohsäcke im oberen Geschoss. Am nächsten Morgen gab es frisches Brot, Käse und einen Becher Klosterbier, dann brachen sie auf.

8

Sie ritten zunächst durch eine Art Heidelandschaft mit sumpfigen Stellen, Birken und Wacholder säumten den Sandweg, bis dieser sich einfach auflöste und sie querfeldein reiten mussten.

»Wir werden uns an der Sonne orientieren, wenn wir sie im Tagesablauf immer zu unserer linken haben, dann sind wir auf dem rechten Weg in die Stadt. Immer nach Westen, dann kommen wir schon hin.«

Ritte Arne war sich ganz sicher. Sie redeten nur wenig, schauten meist in der Gegend umher und machten sich gegenseitig auf einzelne Besonderheiten aufmerksam, ein verkrüppelter Baum, ein Rudel Rehe.

»Das ist hier sicher eine gute Gegend für die Jagd«, meinte Oskar.

»Wer wird denn wohl so weit ab von aller Bequemlichkeit hier jagen wollen?«, fragte Arne. »Die Ritter und allen voran der Graf Waldemar möchten doch am Abend nicht auf ihre gewohnten gebratenen und gesottenen Köstlichkeiten verzichten, ganz zu schweigen von den edlen Weinen und den Tanzkünsten der Gespielinnen.«

Von diesen hatte auch Oskar schon gehört und er fragte nach, denn hier war ja kein anderes Ohr in der Nähe, das ihm wegen solcher Fragen gefährlich hätte werden können.

»Sagt an, Ritter Arne, diese Tanzmädchen, ich meine, was sind denn das für welche?«

Arne lachte auf.

»Ach so, du möchtest wohl gern wissen, ob diese tanzenden Frauen auch noch für andere Dienste zur Verfügung stehen würden? Nun ja, wenn ich es so recht bedenke, ich hab da mitunter so etwas sagen hören, dass man wie auch bei manchen Schankmädchen für ein entsprechendes Geld sich einen guten Abend kaufen kann. Ich selber habe noch nie das Vergnügen gehabt, aber der Weinhändler Grothe und auch Fuhrmann Pachel haben schon etwas erzählen können, zumal, wenn sie ein wenig tiefer in die große Flasche geschaut hatten. Dann berichteten sie wahre Wunderdinge, die diese Tanzmädchen so machen können mit einem Mann. Sie sind nicht zimperlich, und falls du daran denken solltest, mit so einer etwas anzufangen, dann nimm nur eine echt volle Geldbörse mit, denn das kostet mehr als einen Dukaten für einen Abend. Und du weißt nicht genau, was du dir damit einhandelst. Man sagt ja, dass solche Frauen auch die Lustseuche verbreiten helfen. Aber das kann auch nur ein Gerücht sein, welches die gute Mutter Kirche ausgestreut hat, damit die braven Bürger sich von dieser Art Frauen fernhalten sollen.«

»Aber sind die denn alle so, ich meine, so aufs Geld versessen, dass sie die Männer nur ausnehmen wollen?«

»Du musst das anders sehen, Oskar. Diese Frauen leben ja davon, dass sie Geld verdienen müssen, sie haben ja keinen Mann, keine Familie, die sich um sie kümmern kann. Sie ziehen meist in kleinen Gruppen von Stadt zu Stadt und machen dann auf Jahrmärkten oder bei Festlichkeiten kleinere Kunststücke oder zeigen aus verschiedenen Ländern Tänze und Akrobatik. Aber die

Haupteinnahmen sind doch die Heller und Dukaten, die sie von einsamen Männern einsammeln können. Die verwöhnen sie für eine Nacht oder ein, zwei Stunden, und dann am nächsten Tag, wenn der Kavalier mit dickem Schädel vom Schnaps und Wein und leerer Börse erwacht, dann sind die Frauen schon ganz woanders. Aber täusche dich nicht, Oskar, es muss auch solche Damen geben. Und in jeder Stadt gibt es gewisse Häuser, wo man …«

»Ja, ich weiß schon, bei uns ist es das Blaue Haus in der Ringstraße. Da hab ich schon viel von gehört, ich selber war noch nie dort. Es soll sehr schön sein, aber auch ziemlich viel kosten.«

Arne lachte.

»Ja, die Bedürfnisse der ach so frommen Bürger lassen die sich schon etwas kosten. Und die allermeisten kommen auch erst im Dunkeln, damit sie ja keiner erkennt. Nur der Bürgermeister, der geht ganz offen damit um, und die Kaufleute, aber die reden sich immer damit heraus, dass sie ja nur etwas geliefert hätten in das Blaue Haus.«

Nun lachten alle beide und verhielten ihre Pferde.

»Da seht!«

Knappe Oskar zeigte nach rechts, wo über einer Baumgruppe ein kleines dünnes Rauchfähnchen zu sehen war.

»Aha, da brennt augenscheinlich ein Feuer. Vielleicht ein Jäger, der sich einen Hasen am Spieß brät. Lass uns hinreiten, dann können wir auch gleich fragen, ob wir auf dem rechten Weg sind.«

Sie ritten auf die Rauchsäule zu.

Hinter einer kleinen Schonung aus Kiefern in einer Senke brannte ein kleines Feuer, darüber hingen an einem krummen sauberen Holzast ein paar Fleischstücke. Ein hagerer bärtiger Mann in braunem Leder drehte vorsichtig den provisorischen Spieß, er wendete den Kopf, als er die Hufschläge vernahm, griff zu seiner Armbrust und erhob sich dann.

»Ich grüße euch, also, wenn das nicht Ritter Arne ist!«

»Hallo, Meister Gero!«

Arne und Oskar stiegen ab und sie begrüßten Gero, den Jagdaufseher des Grafen. Dieser legte seine Armbrust wieder ab und lud sie ein, am Feuer Platz zu nehmen.

»Was treibt euch denn hier in diese unwirtliche Gegend?«, fragte Arne und schlug dem Aufseher noch einmal wohlwollend auf die Schulter.

»Ich habe euch ja schon seit, wartet einmal, ja, seit der letzten Kirmes vor den Weihnachtstagen nicht mehr gesehen.«

Der Jagdaufseher grinste:

»Ich war viel unterwegs. Und nun bin ich hier, um alles vorzubereiten für die große Jagd. Der Graf Waldemar hat eine stattliche Gesellschaft eingeladen und sie wollen die Wildschweine gebührend dezimieren, so jedenfalls haben sie es vor. Sie sind schon fast alle mitsamt ihren Damen auf der Burg versammelt und leeren fleißig den Weinkeller des Grafen. Wie gut, dass ich euch hier treffe, dann kann ich euch gleich mitnehmen, und wir machen zusammen eine fröhliche Hatz. Die langen Sauspieße sind schon geschärft und die Messer frisch geschliffen, der Graf hat extra einen Scherenschleifer auf die Burg geladen. Aber nun wollen wir erst einmal etwas zu uns nehmen. Ich habe hier ein Stück vom Rehkitz, das ich gestern gefunden habe, es lag mit gebrochenem Bein in einer Schonung und klagte jämmerlich. Aber es schmeckt ausnehmend gut.«

»Wir haben noch etwas frisches Brot und Käse«, sagte Oskar und begann sofort mit dem Auspacken. Sie setzten sich um das Feuer und aßen; dazu gab es den Rest vom Klosterbier. Arne erzählte von der Insel und den Mönchen, Gero berichtete vom Leben auf der Burg und dass er jetzt seit einer Woche schon durch die Gemarkung streife, um den Wildschweinen nachzuspüren.

»Wisst ihr, der Graf möchte ja seine Gäste nicht enttäuschen, und ich soll dafür sorgen, dass genügend Schweine hier herumlaufen, die dann gejagt werden können. Ich habe auch viele Rotten gefunden und weiß jetzt, wie und wohin ich die Jagdgesellschaft führen muss, damit die Gäste auch wirkliches Jagdglück haben werden. Der Graf wird mit mir zufrieden sein. Zumal ich diesmal nicht in der ersten Reihe stehen werde, wie vor drei Jahren. Da war es ein großes Glück, dass ich den Hermann dabei hatte.«

»Was war denn da geschehen?«

»Nun, wir waren in dichtem Unterholz und ich hatte zum Glück auch hier diese Saufeder dabei, mein bestes Stück. Ich schleife die Klinge immer wieder, und wie ihr seht, hat die auch einen besonders starken Schaft. Also, wir sind auf Schweinejagd, überall Hörner und Reiter, da bricht plötzlich vor mir ein enormer Keiler aus dem Dickicht direkt auf mich zu. Ich ramme also den Fuß meines Sauspießes ganz fest in den Boden und stütze ihn noch mit dem Bein ab, halte das scharfe Blatt direkt auf das Schwein und das treibt durch seine Geschwindigkeit und sein Gewicht das Metallblatt tief in seinen Schädel, aber der Anprall war so groß, dass das Tier über mir zusammenbrach, vom Zusammenstoß wurde ich bewusstlos, und dann lag ich da, reglos, unter dem Schwein, blutüberströmt, vom Blut des Keilers natürlich. Und alle dachten, ich sei hinüber, nur mein Gehilfe Hermann machte sich die Mühe und schaute genauer hin, zog mich mühsam unter dem großen schweren Tier hervor und richtete mich langsam auf. Dann kam ich wieder zu mir und war doch froh, Hermanns einfältiges Gesicht und seine hellen Haare zu sehen. Seitdem pflege ich meine Saufeder um so mehr, und morgen werde ich sie auch wieder mit dem Wetzstein bearbeiten, damit sie schön scharf bleibt. Dann kann ich damit unbesorgt mit auf die Jagd gehen. Ihr seht ja selbst, ich habe den Schaft verstärkt mit ein paar Stahlringen, den zerbricht mir keine noch so schwere Sau.«

Der Jagdaufseher nahm seine Saufeder und hielt sie zur Besichtigung den beiden entgegen. Arne nahm den etwa mannsgroßen Spieß in beide Hände und betrachtete bewundernd die eingelassenen vier Eisenringe in der Mitte des Schaftes und die rasiermesserscharfe Klinge, die wie ein breites Baumblatt geformt war und mit allerlei Runen verziert war.

»Haben die Runen eine bestimmte Bedeutung?«, fragte er.

Gero lächelte verlegen.

»Nun ja, ich hab mir diese uralten Zeichen eingravieren lassen bei dem Fechtmeister Ullrich Vandelooh, der versteht sich ja auf so etwas. Es sind zwar heidnische Zeichen, aber sie sollen, zumal in unserer Gegend, eine besondere Bedeutung besitzen. Und wie Ullrich mir versichert hat, sind sie in einer Vollmondnacht an einem Waldsee hineingedampft worden durch die Hilfe von Wasser- und Luftgeistern. Diese Runen sollen den Träger der Saufeder vor den Unbilden der Jagd schützen, und wie ihr vorhin gehört habt, haben sie das ja auch schon getan.«

»Also werdet ihr auch an der Jagd teilnehmen?«, fragte Arne.

»Aber sicher. Ich bin der Führer und muss alle dorthin geleiten, wo die Schweine zu finden sind. Aber ich habe ja Vorsorge getroffen, sonst sind die schon weg. Ich habe meinen tüchtigen Gehilfen Hermann mit ein paar Knappen vorausgeschickt, er wird uns die Rotten dann schon zutreiben.«

»Dann braucht ihr sie also nur noch abzustechen, wie?«

»So ungefähr. Der Graf will ja Eindruck machen. Es sollen sehr reiche Gäste dabei sein, diesmal, ein Domherr sogar und ein Baron, und ich denke mir, es wird auch um eine Mitgift gehen.«

»Eine Mitgift? Ja, will der Graf denn wieder heiraten?«

»Aber nein, er erfreut sich seines Witwerdaseins immer noch und hält unter den Schönen der Stadt und des Landkreises fleißig Ausschau, zum Leidwesen so manches Ehegatten. Nein, er möchte sein Mündel, die schöne Helene, wohl gern unter der Heiratshaube sehen, aber die soll ihm auch etwas einbringen, und zwar möglichst viel. Er ist ja etwas gierig, was Geld und andere Dinge angeht, das wisst ihr ja. Ihr kennt ihn ja auch.«

Ritter Arne war ziemlich betroffen. Helene, seine innerlich Angebetete, die sollte verheiratet werden!

»Aber das ist ja wie auf dem Viehmarkt in der Stadt, da bekommt auch der Meistbietende die Kuh zugesprochen.«

»Ja. So ungefähr sieht es wohl auch der Graf Waldemar. Aber da kann man nichts machen, und die Helene die wird gar nicht gefragt.«

Dem Ritter mochte das Essen gar nicht mehr schmecken, sie packten zusammen und dann brachen sie am frühen Nachmittag auf.

Die Sonne streifte schon den westlichen Horizont, als Gero sein Pferd verhielt und nach vorn deutete:

»Da, schaut, man kann den Bergfried schon erkennen.« Und richtig, auf einem kleinen Hügel lag über der Ebene mit den frisch gepflügten Feldern Schloss Freierswald. Oskar konnte bald schon die dicken Mauern und neben dem aufragenden Bergfried, dem Wachturm der Burg, auch den Söller und das Zwerchhaus erkennen. Sie ritten munterer voran, denn nun waren sie bald am Ziel angekommen. Über den Torgraben führte ihr Weg durch das Burgtor in den Wallgraben und von dort über die Zugbrücke in den Burghof.

Dort nahmen einige rotweiß gekleidete Knappen ihnen die Tiere ab und führten sie in die Stallungen. Auf dem gepflasterten Burghof war schon lautes Treiben, viele Menschen schritten umher oder standen in kleinen Gruppen im Gespräch, einzelne mannshohe Zelte mit aufgepflanztem Banner davor standen meist dicht an der dicken Mauer, Knappen in verschiedenen Farben, Lakaien, Pagen und Gehilfen, die meisten in den Farben des Grafen Waldemar, rot-weiß, gekleidet; alle hatten etwas zu tragen, zu bringen, zu holen. Sie sahen ein paar Ritter in festlichen Gewändern und einige Mägde, die mit Kästchen und Krügen von hier nach dort schritten. Gero zeigte ihnen, wo sie sich erfrischen konnten, und als sie vom Brunnen zurückkamen, führte ein Knappe sie hinauf in den großen Saal.

Dort brannten an allen Ecken kleinere Feuer, in der Mitte aber ein ziemlich großes, über dem am eisernen Spieß sich ein Ochse drehte. Überall im Saal waren Sitzbänke oder Holzhocker verteilt, und viele Leute drehten eine Runde nach der anderen, manch einer suchte hier ein Gespräch und dort den Blick einer Dame, denn im großen Saal mit den bunten Bannern und Flaggen an den Wänden und den vielen brennenden Lüstern, die von der hohen Decke hingen und all den Kerzen, die auf hohen vielarmigen gedrehten Eisenständern flackerten, genossen die Damen des Hofes die Aufmerksamkeit der Ritter, der hohen Herren, der reichen Kaufleute aus der Stadt. Arne und Oskar kamen sich in ihrer Reisekleidung zunächst etwas armselig und verloren vor, sie hätten sich gern umgezogen, allein in ihrem Gepäck war kein Festtagsgewand. So blieb ihnen nichts anderes übrig, als sich in die Brust zu werfen und gelassen ebenfalls durch den Saal zu schlendern, hier ein freundlicher Blick, dort ein kurzes

»Hallo, wie geht's denn?« loszuwerden. Bis Graf Waldemar ihrer ansichtig wurde und sie zu sich winkte. Ritter Arne verbeugte sich und dankte für die Einladung zur Jagd und der Graf lachte und meinte nur, dass er hoffe, Ritter Arne solle ihm nicht allzu viel Beute vor der Nase wegschnappen. Er winkte einem Pagen und die beiden Neuankömmlinge wurden mit einem Krug Wein versorgt, dann wandte sich der Graf wieder einem anderen hochgewachsenen Mann zu.

»Das ist doch der Kerl aus der Kirche!«, meinte Oskar und hielt Arne am Ärmel. Arne schaute in die angegebene Richtung, und da war er, der hohe Domherr, in seiner dunklen Tracht mit dem schwarzen Kreuz auf purpurnem Untergrund über der Herzgegend. Finster sah er aus im Gespräch mit Untergebenen und hochmütig waren seine Gesten, als er diesen irgendwelche Anweisungen gab und sie fortsandte.

»Ja, das ist dieser Domherr. Was macht der denn hier?«

»Na, ich denke, der wird auch zur Jagd wollen.«

Arne schritt weiter durch die hohe Halle. Er suchte das Mündel des Grafen, die Maid Helene. Er hoffte, sie unter all den vielen Menschen zu treffen und dann, ja was dann? Er hatte sich nichts vorgenommen, keine Anrede vorbereitet, wollte sie nur zu gern sehen und, wenn die Situation es erlaubte, auch mit ihr reden. Aber so sehr er auch intensiv in die Runde schaute, Helene war nicht aufzufinden. Auf einmal ging ein Raunen durch die Menge, es bildete sich eine Gasse, der betagte Haushofmeister schritt feierlich mit seinem goldfarbenen Stab voran und blieb vor einem Podest am großen Feuer stehen, schaute sich wichtig um und verkündete dann mit lauter Stimme:

»Wir tun kund und zu wissen, dass nun der berühmte Dichter und Sänger Balthasar von Hirschberg zu uns kommen wird. Er wird zur Erbauung und Unterhaltung aller Gäste von Graf Waldemar von Freierswald seine neue Ballade von der schönen Rosemarie und ihrem Glanz und Elend vortragen.«

Durch die Menschenmenge schritt nun der hochgelobte Minnesänger, eine fünfsaitige Lyra unter dem Arm haltend, und winkte lächelnd nach allen Seiten.

»Herr Ritter, schaut doch nur, was der da für Kleider trägt! Allein diese Schuhe!«

Knappe Oskar hielt an Arnes Schulter ganz fest. Der hochgewachsene Sänger trug eine golddurchwirkte kurze Schecke mit Spitzenkragen, also die enganliegende Oberbekleidung, und darunter ein seidenes Hemd mit Glockenärmeln, die mit allerlei Stickereien ausgeschmückt waren und deren trompetenförmigen Ärmel fast bis zu den Kniekehlen reichten. Dazu farbige Strumpfhosen, das eine Bein in schwarz, das andere in blau, und dann lange spitze rote Schuhe, mit denen der Sänger elegant durch die Menge tänzelte.

Aber Ritter Arne hatte nur Augen für seine Begleiterin, die schöne Frau an der Seite des Minnesängers war nämlich die von ihm so gesuchte Maid Helene. Arne stand reglos und wie ergriffen, konnte den Blick nicht abwenden von der schlanken Gestalt in ihrem weißen Spitzenkleid mit den goldfarbenen Handschuhen bis zu den Ellbogen hinauf. Fast hätte Arne ihren Namen herausgerufen, so sehr schlug ihm das Herz, dass es fast schmerzte.

Helene!

Der Sänger Balthasar führte sie zum Podest, wo Helene sich auf einem gepolsterten Stuhl niederließ, der Musiker bestieg dann das Podest und verbeugte sich vor dem hohen geschnitzten Lehnstuhl, in dem Graf Waldemar Platz genommen hatte. Alle Gäste, Ritter und Knappen, sogar die Pagen und Mägde applaudierten, dann hob der Sänger die Leier und im sachten Schein des nur leicht flackernden Feuers begann er mit seiner Ballade:

»Allmählich schweift das blaue Aug nach Osten
Und sieht zurück den Pfad, den es gekommen.
Die letzten Strahlen goldner Abendsonne
Benetzen weite Flächen Steppengrases,
in dem sich frühe Nebel wiegen.
Der Ruf des Kranichheeres, das am See sich lagert,
um morgen nach dem Süden zu entfliehen,
scheucht auf die Reiter. »Ja, Herbst ist's jetzt.« Spricht er
und gibt dem treuen Rappen seine Sporen.
Die drei Gefährten folgen Albrechts Beispiel.
Nach Westen geht's, der Ordensburg entgegen,
in die zum Fest der Großmeister geladen;
jetzt gilt's, sie noch vor Mitternacht erreichen,
um bei Beginn rechtzeitig da zu sein.«

Der volltönende Bariton des Minnesängers füllte die große Halle. Ritter Arne aber schaute nur zu Maid Helene in ihrem glänzenden Gewand und versuchte, sich langsam aber stetig durch die eng stehenden Menschen zu winden und zu ihr zu gelangen, dicht gefolgt von seinem treuen Knappen Oskar. Sie schoben sich vorbei an edlen Seidengewändern, an Samtmiedern und perlenbesetzten Umhängen, bis Arne endlich dicht neben Helenes Stuhl ein Plätzchen ergattern konnte und voll Hoffnung war, das sie ihm einen Blick gönnen würde. Sie lächelte in die Runde, und zu seinem Entsetzen erblickte er der schönen Dame gegenüber diesen Domherren, diesen Hagen von Hevekost. Er stand da wie ein Fels, wie der Gewinner eines Ringerturniers, die Arme lässig in die Seiten gestützt, in seiner seidenen Gewandung mit dem handgroßen Wappen auf der Brust: auf purpurnem Grund ein schwarzes Kreuz und davor ein großer goldener Ring. Ritter Arne spürte die Hitze in all seinen Gliedern, seine Fäuste ballten sich, sein Atem flog, das Herz begann zu rasen, ein leichter Schwindel überkam ihn. Da besann er sich auf ein paar Dinge, die sein Fechtmeister Ullrich Vandelooh ihn gelehrt hatte: er atmete bewusst langsam aus und ein, aus und ein, und bei jedem Atemzug schaute er dem Feind tief ins Antlitz. Der Domherr schaute wie es schien leicht mokiert in die Menge und beugte sich gelegentlich zu der schönen Dame Helene hinunter und lächelte maliziös. So zumindest empfand es Arne. Sein Blut kühlte sich ab, seine verkrampften Fäuste lösten sich wieder, sein steifer Rücken entspannte sich, er konnte wieder all das Getümmel um sich herum wahrnehmen und seine Augen wieder auf die Dame seines Herzens lenken, auf Helene. Diese schaute endlich auch zu ihm auf und hielt dann ihre zarte Hand vor ihr Antlitz. Arne glaubte schon, dass sie seinen Anblick nicht ertragen wollte, aber dann blinzelte sie ihm auf eine Art und Weise zu, dass er fast errötete. Sie lächelte ihn direkt an und grüßte ihn mit Augen und Händen und lud ihn wortlos ein, sich neben ihr auf den Boden zu setzen. Dann hörten sie weiter dem großen Barden zu.

»Die Nacht bricht an. Es reiten durch das Dunkel
Der Ritter und die treuen Kampfgefährten.
Der Mond erhellt mit mildem Licht den Weg;
Da liegt der Fluss schon. »Jetzt ans andre Ufer
Und dann nach rechts, dann haben wir's erreicht!«
Bald sprengen durch das speerbewehrte Gatter
Die Recken aus des deutschen Ostens Grenze
Ein in den Hof.
Und schwerterklirrend schwingen aus den Sätteln
Die blonden Hünen sich und schnallen ab
Die Rüstung, unterstützt von Knappen.
Die Pferde sind zum Stall geführt indessen,
um nach der langen Reise auszuruhn.
Den Ordensmantel lässig um die Schulter,
so dass vom Schein der Fackeln hell beleuchtet
das Prunkgewand aus flandrischem Gewebe,
betreten die vier Ritter, die vier Freunde,
den festlichausgeschmückten Saal der Burg.
»Willkommen! He, Trompeter, stoß die Töne
gewaltiglich hervor aus deiner Lunge!
Die besten Männer meiner rauen Ostmark
Erwarten den Willkommenstrunk von mir!«

Mit freudiger Bewegung in den Zügen
Eilt nun der Meister von dem hohen Sitze
Und bietet an den randgefüllten Becher,
der, bald geleert, in jugendliche Kehlen
den edlen Tropfen durstig rinnen lässt.
Vom Feuer bald erfüllt sind diese Gäste
Und werfen sich unter tanzlust'ge Paare,
die nach dem Klang der Geigen und Trompeten
zum Paukenschlag sich toll im Kreise drehn.
Heut ist versammelt in des Hofs Mauern
Die Herrenschicht, der Adel, die Elite
Des deutschen Ordens, doch auch sind von ferne
Kaufleute, Fürsten, Künstler zugereist.
Der Baltenherzog nähert sich der scheuen
Schwarzhaarigen Rheintochter, die ins Land
Der Polen ziehen will mit einem Kaufherrn,
der seine Waren in Florenz erwarb.
In Seidenkleidern, rauschenden Gewändern
Aus Samt, aus Chinaseide gar,
das Prunkschwert eingehängt am goldbestickten Gürtel,
die Damen mit den hohen Haarfrisuren,
mit Perlenschnüren kunstvoll aufgebaut,
sie drehen sich im Takte der Musik,
im Lichte hoher vielarmiger Leuchter.
Albrecht, der vom Kreiseln ganz benommen
Die Fürstin aus Thüringen an den Rand
Der Tanzbahn hin zu ihrem Platz geleitet,
sieht um sich, sucht die anderen Gefährten,
die statt mit wildem Tier und angriffslustgen Polen
mit ihrem Tanzbein heut zu kämpfen haben.

Da stockt der Atem ihm. Inmitten des Gewühles
Der drehenden, der amüsierten Menge
Sieht er nun, ist's ein Mädchen noch
Ist's eine Göttin, hoch vom Norden kommend,
mit langem Blondhaar, rotem Sammetkleid,
die, Thor und Odin schmähend, nicht den Weg
in diese Burg, die christliche, gescheut.
Sie tanzt. Mit wem? Unwichtig ist's. Sie tanzt.
Tanzt, dreht sich, und sein nimmermüder Blick
Bemerkt die tiefe Schönheit ihres blauen Auges.
Hat sie auch ihn erblickt? Ja? Oder Nein? Und wenn?
Ihm ist es gleich, er drängt sich durchs Gewühl,
um für den nächsten Tanz sie aufzufordern.
Zu spät! Beim Einsatz der Musikkapelle
Bemerkt er, dass der Kampfgefährten einer
Sich schneller seinem blonden Ziel genaht
Und freudig mit dem roten Samt im Arme
Die höchsten Wirbelsprünge tanzend kreist.
Da nimmt der Ritter …«

Des Bänkelsängers Lied wurde jäh unterbrochen, durch die hohe Pforte wankten drei Männer: zwei Knappen, die einen blutenden Ritter mit zerfetztem Kettenhemd unter den Achseln hielten und ihn in den Saal schleiften, sie hinterließen eine deutliche Blutspur; vor dem Sitz des Grafen hob der Verwundete den Kopf und krächzte:

»Der rote Lutz …Er war es … Oben an der Weide, er holt sich die Rinder. Alle Rinder …Wir wurden überwältigt, es waren zu viele …«

Dann kippte sein Kopf zur Seite.

Der Graf winkte, der Feldscher eilte zu dem Bewusstlosen, ließ ihn auf den Boden legen und einen Strohballen holen.

»Er muss hier in der Wärme liegen, da kann er sich am ehesten wieder erholen.«

Der Graf stieg auf das Podest und rief mit erhobener Stimme:

»Alle Männer zu den Waffen! Sie sollen sich in einer halben Stunde auf dem großen Burghof treffen, mit allen Waffen und den Rössern.«

Sie wollten unter seiner Führung dem roten Lutz hinterher und diesem, wenn möglich, den Garaus machen und vor allem ihm das gestohlene Vieh wieder abjagen.

»Das wird eine schnelle und kurze Jagd, denn er kann mit dem Viehzeug nicht so schnell, wie er gern möchte, und da werden wir ihn wohl bald eingeholt haben und dann, ja, dann gibt es mächtig viel Prügel. Es soll viel Blut fließen, und der rote Lutz wird hängen!«

Arne konnte noch Helenes Hand ergreifen und sie kurz und heftig an seine Lippen drücken, dann fasste ihn auch schon sein Knappe an den Schultern und schob den Widerstrebenden mit all den anderen Rittern hinaus in die Nacht. Sie eilten in ihr Lager und bewaffneten sich; als sie zum großen Burghof kamen, brachten des Grafen Knappen und Pagen schon die Pferde. Im flackernden Schein der Fackeln blitzten Schwerter und Lanzen, manche der Behelmten schwangen doppelseitige Streitäxte, einige hatten ihre glänzenden Rüstungen angezogen, andere trugen nur Koller und Lederwams unter ihren Umhängen, auf denen oft ihre Wappen gestickt waren. Viele Federn wippten an den verschiedenen Kopfbedeckungen, Helme funkelten grimmig, weiche Hüte schmiegten sich an die Köpfe, einige trugen die Kapuzen ihrer Umhänge, denn die Nacht war kühl.

Oskar trug schwer an den Beuteln mit allerlei Lebensmitteln und den vollen Weinschläuchen, die er aus der großen Küche abgeholt hatte. Da bemerkte er über sich die große Gestalt des Domherren, der auf einem der kleineren Söller stand und mit zwei einfach gekleideten Männern mit dichten Vollbärten redete, dann seinen Arm ausstreckte und denen einen Mann im Gewimmel zeigte. Oskar schaute ebenfalls und er erschrak, der Arm des dunklen Domherrn zeigte auf Ritter Arne. Als sich Oskar wieder zu dem Söller umdrehte, waren die Männer verschwunden und nur der Domherr stützte sich auf die Brüstung und sein Blick war ziemlich finster, dann grinste er. Dieses Grinsen verschreckte Oskar und er beschloss, seinem Ritter zunächst nichts von dieser Begebenheit zu erzählen. Das Gewimmel von Menschen, Pferden, Knappen und Pagen entwirrte sich, als Graf Waldemar auf seinem Ross, neben sich den Bannerträger, mit lauter Stimme zum Aufbruch rief. Sie saßen auf und ritten durch das Tor hinaus in die Nacht.

Der Mond schien hell über die Felder, der Weg lag zunächst klar und eben vor der Meute der dahinjagenden Ritter. Arne beugte sich zu Oskar und rief ihm zu, dass sie mitreiten würden, denn das Feld strebte genau in die Richtung, nach Süden nämlich, in die sie selber auch wollten. Nach einigen Meilen ließen alle die Tiere verschnaufen und im Schritt weitergehen; nur die drei

Kundschafter, die Graf Waldemar ausgesandt hatte, ritten vorsichtig weiter in die Nacht. Nach einiger Zeit flüsterte Oskar Arne zu, dass sie bald in die Hügellandschaft kommen würden, wo sie dann zu dem Erbhof der Familie Rose abbiegen sollten.

»Denn den roten Lutz erwischen sie auch ohne uns, und wie ich euch kenne, habt ihr doch immer noch diese Sache mit dem Schatz im Kopf. Und ich denke, wenn ihr den erst einmal gefunden habt, dann könnt ihr bei der edlen Maid Helene ganz anders auftreten als bisher. Dann seid ihr endlich jemand, der auch etwas zu bieten hat.«

Sie gingen noch etwa eine Meile mit den anderen, dann verschwanden sie hinter ein paar Büschen, als ob sie ein dringendes Bedürfnis hätten, hielten die Pferde ruhig und ließen den langen Zug von Rittern und Schildknappen an sich vorüber ziehen.

Endlich war auch der letzte Hufschlag verklungen, dann führten Arne und Oskar ihre Rosse vorsichtig nach rechts durch die Wiese auf einen kleinen Bach zu, dessen Verlauf sie auch in allen Windungen folgten. Sie gingen bis zum Morgengrauen, um die Tiere zu schonen, dann ließen sie diese an langer Leine grasen und legten sich selbst zu kurzer Ruhe nieder.

9

Die Sonne stand schon hoch am Mittag, als Arne erwachte. Er fuhr sich über das Kinn, ja, er hatte wieder eine Rasur nötig. Er suchte in seinen Sachen, aber er fand sein Rasiermesser nicht. Er schaute zu Oskar hinüber, der eifrige Knappe war schon früher aufgestanden und hatte ein kleines Feuer entfacht, an dem er ein paar Fleischreste briet.

»Hast du gestern auch mein Rasierzeug mit eingepackt, Oskar?«

»Euer Rasierzeug, Herr Ritter?!«

Oskar dachte nach und wendete Fleischstücke in der Pfanne.

»Nein, ich glaube nicht.«

Er selbst trug seit Jahren einen Vollbart und kürzte diesen zumindest über den Lippen mit seinem kleinen Gurtmesser, vom Rasieren hielt er nicht viel. So war wohl auch zu erklären, warum er das Rasierzeug des Ritters vergessen hatte.

Zum Braten gab es Wasser aus dem Bach. Sie schöpften es mit ihren Trinkhörnern, die sie schon seit ihrer Kinderzeit am Gürtel trugen, denn, wie hatte der Großvater von Oskar immer gesagt:

»Hunger ist gar nicht so schlimm. Aber wenn ihr Durst bekommt, das kann schlimm sein. Achtet also darauf, dass ihr immer bereit seid, genug Wasser zu trinken und bei euch zu haben. Und hier, nehmt diese Trinkhörner. Ich hab sie selbst aus den Hörnern meiner Lieblingskuh gearbeitet und, wie ihr sehen könnt, die heiligen Zeichen eingeritzt. Tragt sie immer bei euch, dann kann euch so manches Unglück nicht widerfahren.«

So saßen die beiden denn am Ufer des Baches und verspeisten das Fleisch, das Oskar aus der Grafenküche organisiert hatte.

»Da, schau!«

Arne zeigte auf die andere Seite des Bachs, wo sich ein paar Büsche bewegten. Dann kam dort ein Mann zum Vorschein, der langsam auf sie zukam. Aber was für ein Mann! Das rechte Bein war deutlich kürzer als das linke und auch der rechte Arm war so klein und zart wie bei einem Fünfjährigen, und erst das Gesicht: ein spitzes Kinn und das rechte Auge saß dort, wo bei anderen Menschen die Wange hingehört. Er trug ein paar schwere Galoschen und einen grünen Umhang, darunter braunes Leinenzeug. Er winkte und krächzte dann:

»Hallo! Ihr seid wohl fremd hier in der Gegend. Ich bin der krumme Karl vom Karlshof. Das ist das Vorwerk des Erbhofes Rose, es liegt dahinten, eine Meile weiter. Und wer seid ihr?«

Arne stellte sie vor und lud den krummen Mann höflich ein, zu ihnen zu kommen und an ihrer Mahlzeit teilzuhaben. Da ging ein Leuchten über das schiefe Gesicht des Fremden und er eilte so gut er konnte herbei und setzte sich, ergriff einen der kleinen Äste, an denen sie die Fleischstücke im Feuer brieten und pustete heftig darauf, bevor er einen Bissen aß. »Oh, gut. Was ist das für ein Fleisch?«

»Das ist wohl Rind, denke ich,« sagte Oskar, »Ein Stück vom Rind von des Grafen Herde.«

»Rind?«, wunderte sich der krumme Mann. »Ich habe noch nie Rind gegessen. Bei uns gibt es meist Schöpsenfleisch oder Huhn. Oder wenn ich Glück habe, dann fang ich mir einen Hasen. Aber jetzt ist nicht die Zeit dafür.«

Und dann erzählte er mit seiner Krächzstimme, dass er der Sohn eines Freisassen sei, dem der alte Erbhofbesitzer Rose die Freiheit geschenkt hatte und dazu ein Stück Land, eben das Vorwerk. Dafür musste die ganze Familie dann bei der Ernte helfen und den großen Jagden und im Winter mit in die Schläge kommen und Holz schlagen helfen.

Und dann fragte Arne ihn, ob es auf dem Erbhof der Roses noch andere Vorwerke gäbe. Und der krumme Karl nickte heftig und erzählte ihnen, dass es insgesamt wohl an die sechs oder sieben Vorwerke gäbe, alle in verschiedenen Richtungen, vom Erbhof aus gesehen. Und dann seien da noch etliche Scheunen und Stallungen, die verstreut an den Fahrstraßen stünden, in denen wurde dann das Heu und Viehfutter gelagert. Aber natürlich gab es auch einige, die nun dauernd leer stünden, denn der neue junge Herr auf dem Erbhof, der Meister Jörg, den trieb eine seltsame Leidenschaft an: er hatte sich eine Wassermühle gebaut an diesem Bach hier, dem Schwanenbach, der so hieß, weil man an ihm im Frühjahr und Herbst immer eine Fülle von durchziehenden Schwänen rasten sehen konnte. Das war natürlich etwas für die Leute hier auf den Gehöften, und sie versuchten in jedem

Jahr immer wieder, Schwäne zu fangen und zu erlegen, sie brauchten ja die Federn für Betten. Nicht dass sie selbst solche Betten besaßen, sie konnten diese aber gut verkaufen und sich so ein gutes Geld von den Gutsherren und Erbhofbesitzern einhandeln.

»Und je mehr Daunenfedern, desto weicher das Bett!«, grinste der krumme Karl. Aber dann erzählte er weiter von dem merkwürdigen Meister Jörg, der sich eine Steinmühle gebaut hatte an diesem Bach, dort ließ er alle mögliche Gesteine zermahlen.

»Er lässt sich aus dem ganzen Land Steine herbeibringen und die werden dann zu Staub zermahlen, und dann kommen die verschiedensten Stäube in große Eisenpfannen und werden mit seltsamen Flüssigkeiten gekocht. Er soll auf der Suche nach dem Geheimnis sein, wie man Gold herstellen kann.«

Und zur Bekräftigung seiner Worte nickte der krumme Karl ziemlich heftig, Arne dachte schon, dass ihm sein Kopf vom dürren Hals rollen würde.

Nach dieser höchst merkwürdigen Geschichte fragte Arne dann weiter, ob auch nach Süden hin ein paar Scheunen oder Schuppen zu finden seien. Der irgendwie falsch zusammengesetzte Mann überlegte und meinte dann, dass es schon möglich sei, er selbst sei aber nicht weiter als bis zum großen Moor gekommen, und richtig, dort an der Grenze zum Moor, wo sie mit dem alten Rose einmal auf Auerhahnjagd gewesen waren, da gab es damals auch eine Scheune, die sei ziemlich groß gewesen, denn die ganze Jagdgesellschaft hatte dort Unterschlupf gefunden, als ein heftiges Gewitter ganz plötzlich aufgekommen war und viele schon meinten, dass nun die zweite Sintflut gekommen sei, so stark und dicht sei der Regen aus den dunklen Wolken geflossen, dass man keine zwei Schritte hat sehen können. Aber nach einigen Stunden war alles wieder vorüber und der Tag erschien wie zuvor. Es hatte alle sehr erleichtert und der krumme Karl erinnerte sich noch, dass es dann ein großes Feuer gegeben hatte und alle Bediensteten mit den Herrschaften zusammen von den Auerhähnen hatten essen dürfen.

»Aber wie es heute da aussieht, das kann ich euch nicht sagen. Ich bin lange nicht dort gewesen.«

Der krumme Karl kaute noch ein paarmal auf einem Fleischstück, dann wischte er sich den Mund und sagte, dass er nun wieder nach Hause müsste, seine Frau erwarte ihn sicher schon. Er erhob sich und ging, nein lief ziemlich schnell zickzackbeinig über den Bachlauf und verschwand hinter den Büschen auf der anderen Seite.

»Na, das war aber einer! Und er sagte, dass seine Frau auf ihn warte. Wenn ich ihn so ansehe, wie muss dann erst wohl seine Frau aussehen!«

»Aber Oskar. Über Geschmack soll man nicht streiten, besonders nicht in Herzensangelegenheiten. Glaub mir, du hast es ja gehört, wie sagte Onkel Egon immer: Jeder Topf findet seinen Deckel. Warte nur, bis man dich findet.«

»Na, ich bin wohl ein toller Topf. Aber ich werde noch eine ganze Weile warten, bis ich mir die Augen nach dem passenden Deckel ausschaue.«

Sie packten ihre Sachen zusammen, löschten das Feuer und ritten dann den Bach entlang. Nach der Sonne konnten sie sich nicht ausrichten, denn der Himmel war grau, von einer dichten Wolkendecke bedeckt, so dass sie sich nach dem Verlauf des Baches ausrichten mussten. Der krumme Karl hatte ihnen ja erzählt, dass der Bach nach Süden laufe und sich dort im Moor verlieren würde.

Sie kamen gut voran und bald schon sahen sie das Gut vor sich liegen, den Erbhof der Roses. Sie umritten ihn und erst eine gute Meile hinter den breiten Gebäuden trafen sie wieder auf den Bach, der nun viel breiter war. Sie ritten gemächlich dahin, sahen gelegentlich ein paar Dohlen und einmal auch eine Gabelweihe, sonst nur Büsche und vereinzelte niedrige Bäume.

»Wartet mal, hört ihr nicht auch etwas?«

Oskar verhielt sein Pferd und schaute angestrengt nach hinten. Aber da war nichts zu sehen.

»Was hast du denn?«

»Ich glaube, Herr Ritter, wir werden verfolgt. Jedenfalls schien es mir so, als ob ich Hufschläge vernommen habe, und zwar gab es diesen hellen Klang, das war wohl die Stelle mit den Basaltfelsen, auf der wir vor einer guten Weile entlang gekommen waren.«

Sie schauten und lauschten noch eine Zeit lang vergeblich, aber nichts war zu hören oder zu sehen. So trabten sie denn weiter, gemächlich durch den Nachmittag, bis ein roter Abendhimmel sie ermahnte, sich für die Nacht einen Platz zum Lagern zu suchen. An einer Stelle standen ein paar Erlen und Weiden dicht am Bach und ließen ihre Zweige in das Wasser hängen. Sie beschlossen, dort zu rasten und zu übernachten.

Oskar suchte nach abgebrochenen Ästen, fand aber keine. Da wollte er von den Weiden ein paar Zweige abschneiden, aber Arne meinte, dass sie heute Abend kein Feuer bräuchten.

»Denn zum einen ist es heute nicht mehr so kalt wie die anderen Tage, und zum anderen, spürst du nicht auch, diese Bäume hier wirken so, so zufrieden, irgendwie. Lass sie in Ruhe, sie haben sich reichlich Mühe gegeben, so groß zu werden und schau dir nur an, wie sie sich an den Bach geschmiegt haben und ihre Zweige dort im Nass baden. Ich finde, wir sollten sie in Ruhe lassen. Wir werden um so besser in ihren Armen schlafen können.«

Sie aßen etwas Käse und Brot und wickelten sich in ihre Decken und legten sich unter die gedrungenen Stämme. Das leise stetige Murmeln des Baches ließ sie bald in einen erholsamen Schlaf fallen.

Es war schon weit nach Mitternacht, der Mond stand fahl hinter dünnen Wolkenschleiern, da tauchte aus dem nebelartigen Dunst über dem Bach eine Nymphe auf, wogte ans Ufer zu den schlafenden Menschen hin und strich behutsam über deren Gesichter. Oskar schnarchte laut auf und drehte sich, Arne lag reglos und nur sein gleichmäßiger Atem zeigte an, wie tief er in seinen Träumen versunken war. Die Nymphe strich ihm über die Augen, befühlte die sprießenden Bartstoppeln auf den Wangen und gab ihm einen leichten Kuss auf die Stirn, dann zeichnete sie mit ihren durchsichtigen zarten Händen seltsame Zeichen über den beiden Schlafenden, lachte plötzlich hell auf und verschwand mit dem nächsten Mondenstrahl wieder im Bachlauf.

10

Am frühen Morgen erwachten die beiden Männer und Oskar dehnte sich und sagte genüsslich:

»Ach, Herr Ritter, wisst ihr, ich habe selten so gut geschlafen wie hier am Bach. Ich fühle mich erfrischt und munter und, oh, ja, jetzt erst merke ich es, mein Rücken schmerzt nicht mehr. Und das ohne mein weiches Bettchen!«

»Da kannst du mal wieder sehen, eine Nacht im Freien tut ja so gut. Aber du hast Recht, der Schlaf hier war auch für mich sehr erquickend. Also, wann gibt es etwas zu frühstücken?«

»Ich beeil mich ja schon. Aber ich sag es euch gleich, Eier gibt es heute keine!«

Oskar suchte den Vorratsbeutel und sie aßen den Rest Brot, etwas von der Hartwurst und jeder einen Apfel, den hatte ihnen Helenes Magd zusammen mit zwei Schläuchen Wein auf Geheiß ihrer Herrin zugesteckt.

Dann schwangen sie sich wieder in die Sättel und ritten nach Süden, immer weiter nach Süden. Die wellige Landschaft wurde immer öder, der Baumbestand nahm ab, nur vereinzelte Gebüsche, und dann:

»Da ist ja der Grenzwall!«

Oskar zeigte dem Ritter Arne von links nach rechts und wieder von rechts nach links die gewaltige Erdanhäufung, die das Land abschloss. »Das heißt, dieser Wall sollte das ganze Land abschließen, nach Süden sichern, um Feinde fernzuhalten. Aber welche Feinde? Wer lebte denn im Süden?«

Die beiden Männer stiegen ab, ließen die Tiere grasen und bestiegen den Grenzwall, der hier eher einen leichten Anstieg auf einen mit harten Gräsern bewachsenen Erdhügel bedeutete. Oben angekommen schauten sie nach Süden und sahen in das breite nasse Tal, wo der Dorfbach sich in unzählige Arme aufgespalten und so ein Delta von enormer Breite geschaffen hatte, überall glänzte das Wasser unter der Sonne.

»Ein riesiges Moor. – Ein Sumpf. – Das Reich der Molche und Nereiden. – Sylphen und Nymphen mögen hier hausen. – Oder die Untoten, die vom Moor verschlungenen Geister. – Die Moorleichen, die Verirrten, die sich verlaufen haben. – Alle, die nicht mehr herausgefunden haben. – Und der Boden quatscht und platscht und lockt mit dem Anschein von fester Erde und dabei wirst du dann immer tiefer hineingedrückt, bis das Moor dich ganz umschlingt und dich nicht mehr herausgibt. «

All diese Gedanken gingen den beiden durch den Kopf, dabei lag das riesige Sumpfgebiet ganz friedlich vor ihnen im Sonnenlicht.

»Und jetzt, wohin wenden wir uns nun? Ihr habt doch sicher schon einen Plan, Herr Ritter, oder?«

Oskar schaute Arne an und dieser nickte. Sie stiegen den Grenzwall wieder herunter und nahmen die Pferde an den Zügeln. Arne wandte sich nach links, also nach Westen zu, er schritt langsam aber beherzt fürbass. »Weißt du, Oskar, wir sind doch immer südwärts geritten. Wenn wir jetzt nach Westen gehen, dann kommen wir sicher zu dieser alten Scheune, von der im Spruch die Rede ist. Denn wir haben den Erbhof ja umritten und zwar auf der Ostseite, also sollten wir uns jetzt westwärts halten, dann sind wir wieder genau in unserer Südrichtung.«

So schritten sie munter vorwärts. Die Sonne brannte, Mücken und Fliegen umschwirrten sie, kein Laut war zu hören, kein Vogel zu sehen, nicht der geringste Windhauch war zu spüren, kein Baum als Schattenspender weit und breit. Sie schritten am Fuße des Grenzwalles entlang, immer weiter und weiter.

»Meint ihr nicht, Herr Ritter, dass jetzt schon Mittag sein könnte?«

Oskars Stimme klang leicht belegt.

»Also gut. Machen wir eine kurze Rast. Aber nur etwas trinken, dann können wir ja weiterreiten. Ich möchte sobald als möglich bei dieser verfluchten Scheune sein. Wenn es die denn überhaupt noch gibt.«

»Nun. Ich denke, wir werden zumindest die Überreste des Gebäudes sehen können. Falls sie inzwischen verfault oder vom Sturm zerlegt worden ist.«

Sie hielten kurz, tränkten auch die Pferde und saßen dann wieder auf. Im leichten Trab ging es dann weiter wieder am Grenzwall entlang. Dessen Höhe wechselte, manchmal konnten sie das Moor auf der anderen Seite sehen, dann wieder türmte sich der Erdhaufen drei, vier Mannshöhen auf.

»Ach, Herr Ritter, ihr wisst doch so viel. Könnt ihr mir nicht sagen, wozu man diesen Grenzwall erbaut hat? Denn soweit man sehen kann, ist auf der anderen Seite doch nur Moor, nur der Sumpf. Von dort kann doch kein wie auch immer gearteter Feind kommen, oder?

Der müsste doch erst den Sumpf überwinden und all die Moorgeister und giftigen Dämpfe hinter sich lassen, und wer weiß, wie groß dieses Moor wirklich ist. Also, was oder wen sollte dieser Grenzwall wohl abhalten?«

Ritter Arne schaute nachdenklich drein. Er hatte das in den letzten Minuten auch schon überlegt, war aber zu keiner Lösung gekommen. Oskar hatte ja so recht, über ein so weites Moor anzugreifen, das machte für einen Eroberer mit einem großen Tross keinen Sinn. Da würde ja das halbe Heer im Torf versinken, ehe man überhaupt auf der anderen Seite angekommen wäre.

»Weißt du, Oskar, ich habe keine Ahnung. Ich kann mir nur vorstellen, dass man früher befürchtet hat, dass ein riesiges Heer von Süden heraufgezogen wäre. Man hat vielleicht an die Tartaren gedacht, oder andere Volksstämme, die Nomaden der Südländer oder so. Und man wollte einfach kein Risiko eingehen und hat dann diesen Grenzwall geschaffen. Dann brauchte man sich eben nicht mehr um die Südgrenze zu kümmern, denn die war ja nun abgesichert.«

Sie ritten Meile für Meile durch Steppe, durch Wiesen, durch Weidegras, immer an dem Grenzwall entlang. Dann auf einmal am Nachmittag sahen sie am vor sich etwas aufragen.

»Das ist die Scheune, möchte ich wetten!«

Oskar trieb sein Pferd an und sie galoppierten auf das Gebäude zu. Da lag es, ein riesiges Bauwerk, graubraune Hölzer sauber geschichtet und darüber ein Walmdach, das an einigen Stellen eingebrochen schien und augenscheinlich auch durch Blitzeinschlag zerstört war. Sie hielten vor einem großen Tor an. Die Angeln hielten noch, waren voller Rost, es gab keine Öffnung für Schlüssel, keine Klinke, nur den hohen Türspalt, fest verschlossen. Arne rüttelte und meinte, dass es sich so anfühle, als sei dieses Tor von innen mit einem oder mehreren Balken verschlossen. Sie ließen die Tiere grasen und umrundeten das hohe Gebäude, suchten nach Fenstern oder Seitentüren, aber da war nichts zu finden. Nur ganz oben, wo ein Blitzschlag und kleinere Feuereinwirkungen die hölzernen Dachschindeln zerstört hatten, sahen sie Öffnungen, sonst schien die große Scheune unbeschädigt zu sein.

»Als ich meinte, das sieht doch ganz gut aus für uns, da dachte ich noch, dass wir ungestört einfach hinein gehen können«, meinte Oskar. »Wir wollen ja etwas aus dem Inneren haben, und wie es ausschaut, war noch keiner vor uns dagewesen. Wir haben also Glück und werden uns das Erhoffte wohl holen können, oder was meint ihr, Herr Arne?«

Arne setzte nachdenklich einen Fuß vor den anderen und schaute immer wieder das gewaltige Bauwerk an. Wer immer das gebaut hat, der wusste was er tat.

»Alles ist gut verfugt und kalfatert, wie bei einem Schiff. Nicht die kleinste Lücke, nicht mal ein Astloch, durch das man hineinschauen könnte. Nein, ein wirklich beeindruckendes Bauwerk. Und selbst die Stürme und das Wetter haben ihm bislang nicht viel anhaben können. Nur die Blitzeinschläge haben das Dach etwas durchlöchert, und da wird es auch herein geregnet haben, aber sonst, steht alles so da, als wäre erst vorgestern der letzte Hammerschlag verklungen.«

»Gut, nun sind wir vor Ort, nach der langen Reiterei also am Ziel. Und wie kommen wir nun hinein in die gute Stube? Es ist doch ziemlich hoch, oder?«

Oskar legte den Kopf in den Nacken und schaute die graubraune Fassade empor.

»Wir werden eben hineinklettern müssen. Wir legen unsere Riemen und Seile zusammen und hoffen, dass sie ausreichen werden. Also komm, es gibt Arbeit.«

Sie nahmen den Pferden die Sättel ab und suchten in ihrer Habe nach allen Riemen, Schnüren und Tauen, die sie nur finden konnten. Dann banden sie alle aneinander.

»Das dürfte eigentlich ausreichen.«

Oskar nahm seine Armbrust, band ein Ende dieser zusammengeknüpften Leine an einen Pfeil und legte an; er zielte genau auf die Öffnungen im Dach und schoss die Armbrust ab. Aber leider erreichte der Pfeil nur etwa die halbe Höhe des Gebäudes.

»Das wird so nicht gehen. Die Leine ist viel zu schwer für den Pfeil. Wir müssen etwas anderes überlegen.«

Am leichteren Ende der Leine von Haltegurten und Pflockstricken für die Pferde befestigte Oskar dann die kleine Eisenschaufel, die sie für durchaus andere Zwecke mit sich führten. Dann stellte er sich in Positur, genau unter eines der Dachlöcher, nahm das ganze Bündel Stricke und Taue in die Linke und mit der Rechten ließ er nun die Schaufel an den Halteleinen kreisen, schwang sie immer mehr in immer größeren Kreisen, bis er meinte, dass es ausreiche und dann warf er sie gezielt nach oben. Die Schaufel klatschte gegen die Scheunenwand und glitt wieder zu Boden.

»Also, die Länge stimmt, wir könnten es so schaffen.«
Arne klang sehr zuversichtlich. Oskar versuchte es
noch ein paar Mal, aber entweder rutschte die Schaufel
wieder herunter oder sie lag am Rande des Loches auf
den Dachziegeln, und sobald er nur leicht daran zog,
schlidderte das Eisen mit quietschenden Tönen wieder
herunter.

»Lass uns eine Pause machen. Ich versuche es dann
auch mal. Vielleicht brauchen wir auch nur eine kleine
Stärkung jetzt.«

Das Wort Stärkung hatte die erwünschte Wirkung auf
Oskar; er ließ ab von seinem bislang vergeblichen Tun
und sie setzten sich vor das große Tor und aßen kalten
Braten und ein paar Äpfel. Dann legte Ritter Arne Waf-
fengurt und das Kettenhemd ab, nahm die zusammengebundenen Leinen und Stricke und versuchte seinerseits,
die Eisenschaufel in eines der Löcher im Dach zu werfen.

Nach einigen erfolglosen Versuchen steckte endlich die
Schaufel in einem der Löcher im Dach fest; Arne zog an
den zusammengeknoteten Stricken und Bändern und
prüfte, ob es wohl sein Gewicht aushielte. Oskar kam
hinzu und hielt die zum Dach reichenden Leinen; Arne
begann dann vorsichtig, sich mit den Händen emporzuziehen und die Beine als Stütze gegen die Scheunenwand
zu benutzen. So kam er Stück um Stück nach oben, bis
er endlich das Loch im Dach erreichte und den rechten
Arm in die Öffnung schwingen konnte und sich so fest-
klemmte. Er winkte Oskar fröhlich zu und warf dann
einen Blick in das Scheuneninnere. Er sah zunächst nicht
allzu viel: ein paar Balken, Bohlen, Bretter, zersplittert

und von Feuer geschwärzt, nach unten war nur Schwärze zu sehen. Durch die gesamte Länge der Scheune zogen sich drei Balkenlagen, aber quer hielten viele behauene Stämme im Abstand etwa einer Mannsgröße mit ihren kreuzweise angeordneten Hölzern die Dachkonstruktion aufrecht. Still war es, kein Windhauch pfiff durch die Streben und zerborstenen Balken. Das Licht durch das Blitzloch reichte nicht bis zum Boden, es verlor sich in eine Tiefe von Schwärze. Arne schwang sich in das Gebäude hinein und probierte einzelne Hölzer auf ihre Festigkeit. Er konnte stehen auf einigen Balken, die fest im Dachwerk verankert waren. Er nahm das Ende der Leinen, knüpfte die Schaufel ab und befestigte das Ende des Strickes an einem dicken Balken. Jetzt hatten sie einen guten Zugang. Er rief zu Oskar hinunter, dass er nun die Satteltaschen, Waffen und Decken festbinden solle, dann zog er alles hinauf und legte es im Inneren ab. Er warf dann das Seil wieder zu Oskar hinunter und dieser erklomm dann ebenfalls die Holzwand und stand kurz darauf keuchend neben Arne im Loch auf den Dachbalken.

»Dann wollen wir mal sehen, was diese Scheune so an Geheimnissen in sich birgt, nicht wahr?«

»Am sinnvollsten wäre es doch, wenn wir versuchen wollen, bis zum Eingang zu gelangen und dann die große Türe aufzutun. Dann werden wir es viel bequemer haben und auch viel mehr Licht in dieser riesigen Scheune.«

»Das beste ist, wir machen uns ein Licht und gehen dann hier auf dem Dachboden nach vorn, dort werden wir uns dann herunterlassen können.«

»Aber dazu nehmen wir die zusammengebundenen Leinen und Seile mit, wer weiß, was wir sonst an Möglichkeiten finden werden.«

Oskar nahm ihre viel benutzte Eisenpfanne und ließ einen der größeren Kerzenstummel darauf festtropfen, den nahm Arne in die Hand und kletterte auf dem Balken entlang, auf dem sie standen. Es war mühselig, denn er konnte fast nichts sehen, es war so finster im Innern, es gab ja keine Fenster. Das einzige Licht kam durch die drei oder vier Löcher im Dach. Also tastete sich Arne mehr oder weniger schlecht und recht im trüben Schein der flackernden Kerze auf den Balken entlang, und er hoffte, dass seine neue Hose nicht allzu viel Löcher von diesem Ausflug bekommen würde. Das eine Ende der verbundenen Leinen hatte er sich umgeschnallt, Oskar bewachte das andere Ende, das um einen der stabil erscheinenden Dachbalken geknotet war. Halb schlurfend und halb kletternd, je nach Möglichkeit des Gebälkes, schob sich Arne vorwärts. Dann kam er an eine Bretterwand. Er schwenkte die Pfanne mit dem Licht, aber das war weiter nichts zu sehen, nur stabile Bretter. Immerhin schien ihm der Boden breit genug und sicher, er rief also Oskar zu, dass dieser zu ihm kommen solle. Oskar kam mit leicht gerötetem Gesicht bei ihm an und keuchte etwas.

»Wisst ihr, Herr Ritter, diese Art von Turnübungen hab ich gar nicht gern. Und dann diese Spinnweben überall, und der Staub, meine Kehle ist schon ganz vertrocknet.«

Er hustet demonstrativ. Arne lachte und holte einen Weinschlauch aus der Satteltasche.

»Ich weiß doch, was dir jetzt gut tun wird. Mir geht es ähnlich. Aber wir sind schon ein ganzes Stück weiter gekommen, oder nicht?«

Sie tranken und überlegten, wie sie nun weiter vorgehen sollten.

»Diese Bretterwand soll etwas abschließen. Dahinter müsste sich also ein verborgener Raum befinden. Wir könnten versuchen, dort hinein zu gelangen, vielleicht gibt es ja aus diesem Raum eine Treppe nach unten, oder eine Leiter.«

»Oder wir umgehen hier diese Wand und rutschen auf dem Balken quer durch die Scheune zum anderen Ende und finden dort vielleicht einen Zugang zu diesem Raum hinter den Brettern.«

»Vielleicht, vielleicht auch nicht.«

»Ich denke, einen Versuch ist es allemal wert.«

Also lösten sie das Bündel Seile, jeder schlang sich ein Ende um die Hüften und dann rutschten sie rittlings auf einem der Querbalken auf die andere Seite der Scheune.

Plötzlich hörten sie ein Geräusch aus der Tiefe. Sie verhielten etwa in der Mitte des Querbalkens und lauschten. Arne blies instinktiv die Kerze aus.

Aus der Schwärze unter ihnen begann ein erst zaghaftes grünliches Leuchten, das immer heller, immer intensiver wurde und sich schließlich zu einer hellgrün aufleuchtenden Kugel formte. In diesem strahlenden Licht bildeten sich Schatten, die zu Gestalten, zu Figuren wurden, und dann konnten die beiden reglosen Männer hoch oben auf dem Balken drei merkwürdige Gestalten erkennen, eine fast kuhgroße in rotem Samt gekleidete Figur mit einem hohen Schlapphut und zwei menschengroße doppelköpfige Wesen in violetten Umhängen. Diese drei Gestalten umkreisten einander mit höchst merkwürdigen Gesten und Bewegungen, plötzlich erschien mitten in diesem Kreis ein großer rostiger Kessel, aus dem es verdächtig blubberte und zischte. Dann begannen die drei einen seltsamen Gesang anzustimmen, ein Gesang, bei dem Arne und Oskar das Blut zu stocken begann, und bei jedem Vers warfen sie etwas in den Kessel:

»Der Bürzel von dem wilden Schwein
muss auch in diesen Trank hinein.
Dazu ein Rabenflügelpaar
Und Krötenfett passt wunderbar.
Jetzt noch gefleckter roter Bauch
Der Unke und ein Kräuterlauch,
Ein Ziegenhuf und Schweinegülle
Ergibt mit Torf die rechte Fülle;
Mit Schwefeldampf und Einhornquark
Wird dieser Trank besonders stark!«

Den beiden Männern auf dem Balken hoch droben wurde doch höchst seltsam zumute, sie klammerten fest sich an das faserige Holz und vermeinten schon, die ätzenden schwefligen Dämpfe in der Nase zu spüren. Der Tanz unter ihnen ging noch eine ganze Weile so weiter, dann endlich hob die große Gestalt beide Arme hoch empor und schrie etwas in einer uralten Sprache, die beiden kleineren Gestalten warfen ihre Umhänge ab und da konnten die Männer oben sehen, dass es sich um zwei bucklige ältere Männer mit Glatzköpfen handelte; von oben hatten die Alten mit Köpfen und Buckel wie doppelköpfige Ungeheuer ausgesehen. Die drei Gestalten umtanzten den Kessel noch eine kleine Weile, dann auf einen Wink der großen rotgekleideten Gestalt nahmen die beiden Glatzenmänner ihre violetten Umhänge und legten sie behutsam über den Kessel wie einen Deckel, fassten das große rostige Gefäß an den Henkeln und folgten der roten Gestalt zu der Hinterwand der Scheune. Dort traten sie alle durch die Wand wie durch einen Nebel und waren verschwunden.

Ritter Arne und Oskar schauten ihnen noch lange nach; dann setzte sich Arne langsam auf und meinte, dass er für heute wohl genug Abenteuer erlebt habe. Oskar wischte sich die Augen, schnäuzte sich und sagte, dass er noch immer den Schwefelduft in der Nase verspüre und froh sei, dass sie nicht entdeckt worden waren. Arne entzündete den Kerzenrest wieder, sie lösten die Schnüre und glitten vorsichtig auf dem Balken weiter bis an die Seitenwand, dann ließen sie sich nacheinander an dem zusammengeflochtenen Seilen und Tauen hinunter auf den Boden der Scheune. Vorsichtig gingen sie bis an die Bretterwand und schritten diese ab.

»Dort, da ist ein Eingang!«

Oskar zeigte aufgeregt auf den Riegel, der eine kleine Tür verschloss.

»Diese Tür ist wohl für Kinder gemacht, wie?«

»Ich glaube eher, dass hier nur diese kleinen Glatzköpfigen hineingehen sollen. Für diese Männlein hat sie genau die richtige Größe.«

Sie öffneten die Tür, nahmen ihre Bündel und Waffen auf und krochen hindurch. Arne hob die Pfanne mit der Kerze an und sie sahen den leeren Raum und ein paar der großen runden rostigen Töpfe, in denen die geheimnisvollen Drei vorhin einen Sud gebraut hatten.

»Aha, hier ist also das Lager für diese Hexenpfannen. Meint ihr nicht auch? Sie brauen also mehr als einen Sud, oder aber sie benötigen für ihre Hexereien des Öfteren verschiedene Gebräue.«

»Das muss hier also so etwas wie ein Lagerraum ihrer Hexenküche sein. Wer weiß, was die nicht alles für Gebräue schon hergestellt haben und wie viele Menschen sie damit schon unglücklich gemacht haben.«

Oskar klopfte mit seinen Handknöcheln gegen eine der Pfannen, es gab einen hellen Klang, der immer weiter schwang und auch die anderen Gefäße in Schwingungen versetzte, so dass allmählich alle dort gelagerten Eisenpfannen Töne von sich gaben. Die beiden Männer hielten sich die Ohren zu und schlüpften zwischen den Gefäßen hindurch zu der Außenwand. Dort fanden sie einen gewaltigen Holzbalken, der die Scheunentore verschloss. Sie schaffen es mühsam in gemeinsamer Anstrengung, den Balken aus seiner Verankerung zu lösen und das Tor einen Spalt weit aufzustoßen. Erleichtert drückten sie sich hinaus.

»Oh, es ist schon Nacht geworden«, stellte Oskar fest. Über ihnen funkelten die Sterne und im Mondlicht warfen beide Männer einen schrägen Schatten. Arne blies die Kerze aus und sie gingen um die Scheunenecke, da hielt Arne Oskar an der Schulter fest und deutete auf den Wall zum Moor hin.

Auf dem hohen Wall tanzten die drei Gestalten, die beiden Glatzköpfe und die hohe rotgewandete Figur mit dem hohen Hut, um den Topf herum, aus dem schwefelgelbe Dämpfe in den Nachthimmel stiegen. Dann, auf einen Wink der hohen Figur, erhoben die beiden kahlköpfigen Gehilfen den Kessel und schütteten den Inhalt hinter den Wall in das Moor. Eine kleine Nebelwolke erhob sich, vergrößerte sich und aus dem Grau und Grün und Gelb der kringelnden Dämpfe manifestierten sich in Dutzenden von Schwaden zahlreiche Flatterwesen, Luftgeister, Sylphen, Gespenster, Nebelhexen oder wie auch immer man diese Wesen nennen wollte. Arne und Oskar drückten sich eng an die Scheunenwand und beobachteten das unheimliche Geschehen und wagten nicht, sich zu rühren, denn diese Nebelwesen erhoben sich weit hinauf in den Himmel, schwebten über dem Moore und dann sammelten sie sich am Grenzwall, es schien, als hielte nur dieser Wall sie davon ab, weiter in das Land vorzudringen. Höher und höher ragten die Gestalten, es wurden immer mehr, Arne schien es fast, als ob eine hohe Mauer aus Gespenstern sich bis zum Himmel aufbaute und dann, Oskar zuckte richtig zusammen, erklang aus all den Geistermündern ein seltsamer Laut, ein Hauch, eine Tonsammlung, so schaurig und schrill, dass es Arne fast so vorkam, als ob ihm die Haut abgezogen würde. Beide Männer kauerten sich an der Scheunenecke hin und wagten kaum zu atmen, konnten aber auch ihre Blicke nicht von dem Unheimlichen wenden, was sich da auf dem Grenzwall ereignete. Die mundlosen Dunstgespenster vereinigten nun ihre Rufe und Töne und jetzt konnten die beiden Männer ganz deutlich hören, was die Nebelgeister riefen:

»Moraxa! Moraxa!«

Oskar hielt sich die Hände vor den Mund:

»Oh nein! Das also ist die Moorhexe Moraxa. Man sagt von ihr, dass kein Sterblicher sie je gesehen hat. Alle Menschen, die diese Hexe einmal erblickten, sind verzaubert, verflucht und verschwunden auf Nimmerwiedersehen!«

»Ich denke, sie werden alle im Moor versenkt worden sein.«

»Nur still. Seid doch still und leise, wenn die uns sehen oder hören, dann ist es um uns geschehen!«

Die beiden Männer blieben starr und stumm, derweil den ganzen Wall entlang die unheimliche Wand aus Nebelgeistern wogte und waberte und sang, es war wie ein gruseliger Wind, der über allem wehte, als ob die ganze Erde zu einer Gespensterwelt vereint worden war. Und inmitten der blaugrauen weißlichen Geistergestalten schwebte die Moorhexe Moraxa in ihrem roten Gewand mit erhobenen Armen und dirigierte das unheimliche Orchester, das zu ihrem Lobgesang immer wieder und wieder anhob. Endlich, der Mond war schon fast am Horizont angelangt, setzte sich Moraxa mit ihren beiden glatzköpfigen Gehilfen auf dem Grenzwall nieder und auf ein Zeichen ihrer Hände zogen sich alle Nebelgespenster zusammen und verschwanden wie ein Nichts im ruhig daliegenden Moor. Nun war alles so wie vorher. Die beiden Gehilfen zogen den leeren Kessel wieder über den Wall und mit Moraxa glitten alle drei durch die Scheunenwand.

Arne stupste Oskar an, sie griffen nach ihren Bündeln und rannten so schnell sie konnten fort, nur weg von dieser Hexenscheune. Erst nach weit über einer Meile verhielten sie keuchend hinter einem Gebüsch und holten Atem.

Sie schauten sich suchend um, aber von ihren Pferden war nichts zu sehen oder zu hören.

»Siehst du, Oskar, jetzt weißt du, warum jemand diesen Wall gebaut hat und wen oder was er abhalten soll. Diese Geister konnten nicht darüber hinaus kommen, da muss ein mächtiger Zauber auf diesem Wall liegen.«

»Ja, nur die mächtige Moorhexe Moraxa hat Kraft genug, diesen Zauber zu überwinden. Sie allein kann wohl auf beiden Seiten des Grenzwalls leben.«

»Jetzt wäre ein Schluck Branntwein gut für uns.«

»Aber Oskar! Nicht dass du nicht recht hast, aber leider …«

»Ich weiß, wir haben keinen mehr. Unsere Trinkbeutel sind leer. Und wer weiß, wann wir jemals wieder etwas davon bekommen können.«

»Wir werden warten müssen, bis der Tag wiederkommt, dann können wir die Pferde suchen. Und dann so schnell als möglich weg, weit weg.«

»Wir werden weiter dem alten Grenzwall folgen. Ich hab mir nämlich überlegt, dass dieser alte Schuppen, den wir suchen, noch viel weiter im Westen liegen muss. Wir sind viel zu früh nach Süden abgebogen und daher auf diese verhexte Scheune gestoßen. Unser Ziel liegt viel weiter westwärts.«

Sie setzten sich an die dünnen Stämme gelehnt und dösten vor sich hin, bis das Morgenlicht sie ganz wach machte. Dann erhoben sie sich, gürteten ihre Schwerter und nahmen ihre Sachen. Sie suchten die Umgegend ab und hatten viel Glück: ihre Pferde waren beieinander geblieben und grasten friedlich in einer Senke. Sie sattelten sie richtig auf und dann ritten sie zurück zum Grenzwall und dann in westlicher Richtung weiter.

Das erste Tageslicht beleuchtete die hohe Hexenscheune, als aus deren Türspalt in der Vorderwand einer der glatzköpfigen Gehilfen sein hässliches Gesicht hinaus steckte. Er verzog die Lippen zu einem bösen Grinsen, schnüffelte die Luft ein und kam dann, gefolgt von seinem Gefährten, ganz hinaus ins Freie. Sie witterten wie Wölfe in die Luft und folgten dann rasch den sich verflüchtigenden Spuren, die Arne und Oskar in der Nacht hinterlassen hatten. Von Moraxa war zunächst nichts zu sehen.

Arne und Oskar ritten am Fuße des Grenzwalls Meile um Meile. Die Landschaft änderte sich nicht. Zuweilen erhob sich der Weg fast auf die Höhe des Walls und sie konnten ins Moor hinüber schauen, dort war alles still und grau, oft schimmerte nur bleiglattes Wasser mit den Spiegelungen der Wolken. Keine Vögel, keine Schmetterlinge, keine anderen Tiere wie Biber, Wasserratten oder Entenvögel, nur Stille.

Der Mittag war schon vorüber, sie ließen die Tiere im Schritt gehen, da zeigte Oskar nach vorn:

»Schaut, Herr Ritter, dort! Das wird es sein, was wir suchen.«

Sie kamen vorsichtig an eine zerfallene Holzwand, aus dem Boden rings umher wuchsen Erlen und vor der Wand, in der einst das Eingangstor gewesen sein mochte, lag eine Wiese voller Bärlauch, der seinen unverkennbaren Duft weithin ausbreitete. Wo früher eine Seitenwand einer Scheune gewesen war, ragten vermoderte Bretterreste in die Luft; vom Fundament waren nur noch kärgliche Reste vorhanden, zerfressene Balken, die auf faulenden Stümpfen in das Moor hineinzeigten, denn diese Ruine von Schuppen begann zwar auf der sicheren Seite der Grenze, aber sie reichte bis weit in das Moor hinein. Dieses Skelett eines Hauses, einer ehemals großen Scheune, schien den beiden Männern schon beim Zusehen zu zerfallen.

Die Männer stiegen ab und hobbelten die Pferde an, ließen aber nach den Erfahrungen der letzten Tage die Sättel auf deren Rücken. Sie schritten zu der Ruine, stießen mit den Füßen an die zerfallenden Balken und Arne schob Spinnweben und faseriges Holz beiseite, ging vorsichtig auf den ehemaligen Fußböden nach vorn, musste immer wieder über Löcher springen oder auf die andere Seite wechseln, Oskar knotete derweil die zusammengebundenen Leinen an einem alten Baumstumpf fest und kam dann seinem Ritter nach, das zusammengebundene Seil vorsichtig ablaufen lassend. Arne stapfte über die morschen Bretter, hielt sich an den Resten der Fensterumrandungen fest und suchte immer wieder nach Ablagemöglichkeiten, nach Schubladen, nach Schrankresten oder Ähnlichem, aber da war nichts zu finden, nur morsches Holz, und ein paar Vertiefungen in einer Restwand, dort hatte womöglich einmal vor Urzeiten das Geschirr gelagert oder die Bestecke, die Tranchiermesser. Er griff hinein und zog schnell seine Hand zurück, als er ein lautes Zischen vernahm. Dort wohnte jetzt also eine Schlange oder ein Molch, er wollte es gar nicht so genau wissen. Arne ging weiter und suchte sich die stabilsten Balken, aber dann brach er doch ein. Er hing mit den Beinen im Freien über dem trüben Moor, schlug mit dem linken Fuß gegen etwas, ein heftiger Schmerz durchzuckte ihn. Er versuchte, sich emporzuziehen, aber vergeblich. Er klemmte fest. Das Kettenhemd hatte sich zudem verfangen in den Splittern des tragenden Balkens, aber dann kam Oskar glücklicherweise mit dem Seil, er schob es unter Arnes Achseln und zog ihn dann behutsam aus dem Loch heraus. Arne biss die Zähne zusammen und stöhnte nur, wenn das linke Bein gegen die Wand scheuerte oder der Fuß an den Balken schlug. Endlich hatte Oskar ihn auf den Tragebalken ziehen können.

»Der Fuß sieht aber böse aus!«, meinte er und als Arne hinschaute, sah auch er, wie sein linker Fuß schnell anschwoll, er hatte schon fast die doppelte Größe des normalen erreicht, und es tat ziemlich weh.

Oskar zog Arne den Schuh aus und betastete den Fuß sanft, aber fest und kam zu dem Schluss, dass er wohl verstaucht sei, die Knochen seien wohl eher nicht gebrochen, denn sonst würde es nicht so schmerzen.

»Wenn es so richtig wehtut, Herr Ritter, dann ist es

verdreht oder verstaucht, aber nicht gebrochen. Nur auftreten wird nicht gehen in nächster Zeit.«

Oskar schleppte Arne zurück an die Vorderseite des alten verfallenden Gemäuers, Arne half mit, so gut er eben konnte, dort legte Oskar ihn auf einen der vielen Schutthügel und suchte nach Brettern oder Ästen, die für eine Art Krücke dienen sollten, um so eine gewisse Entlastung zu erreichen. Arne wischte sich den Schweiß von der Stirn und schaute über das ebene Land, da sah er am Fuße des Walles ein paar violette Punkte.

»Oskar, komm schnell her. Sie kommen!«

»Wer kommt?«

»Diese Glatzenmänner von der Moorhexe, schau dorthin!«

»Sie sind ja bald hier. Was sollen wir nur machen?«

»Ich hab's. Du läufst schnell zu den Pferden und reitest weg, weit außer Sichtweite. Dann lässt du die Tiere grasen, aber an der langen Leine, damit wir sie auch wiederfinden können. Und du schleichst dich zurück und versteckst dich, damit du alles sehen und notfalls mir zur Hilfe kommen kannst. Ich werde mich hier verstecken. Ich krieche unter die Erlen und ziehe einiges von dem Schutt über mich, ich hoffe, dann werden sie mich nicht finden.«

»Aber dann machen wir es richtig, wir nehmen den Schuh und werfen ihn hinein, dann finden sie ihn und denken sicher, dass wir weiter geritten sind.«

»So machen wir es.«

Oskar warf den linken Schuh weit hinein in die Restscheune, dann lief er zu den Pferden und ritt tief über den Rist gebeugt hinein in die weite Ebene, bis er in einer kleinen Senke anhielt, die Pferde anpflockte und zurückschlich, die kurze Stichlanze hielt er griffbereit. Arne hatte sich in dem Schutt und Sammelsurium von Bretterresten, abgebrochenen Ästen, wucherndem Efeu und Erlenwurzeln so richtig hineingewühlt, hielt aber sein Schwert in der rechten Hand bereit, für alle Fälle. Immer wieder durchfluteten ihn vom Fuß her Schmerzwellen, aber er biss tapfer die Zähne zusammen. Endlich hörte er Äste knacken und Schritte, dann flüsterten zwei Stimmen:

»Hier wird es stark, sie müssen hier sein.«

»Oder gewesen sein. Ah, dieser Gestank vom Bärlauch, der übertönt alles.«

»Ich auch. Meine Nase mag das überhaupt nicht.«

»Lass uns nachschauen, ob sie sich vielleicht dahinten verborgen haben.« Arne hörte Schritte auf den knarrenden Bohlen, dann ein freudiger Aufschrei, sie hatten wohl seinen linken Schuh gefunden. Dann kamen die Schritte zurück und wieder nach vorn, die Stimmen sagten:

»Jetzt wissen wir, dass der eine verletzt ist. Dann werden sie wohl weiter geritten sein.«

»Aber wohin?«

»Ich glaube, die wollen an den goldenen See.«

»Dann lass uns schnell dahin eilen.«

»Und wenn die beiden dort sein sollten, dann kann Moraxa sie gut einfangen.«

»Hei, das wird ein Festmahl geben, und gleich zwei auf einmal, das hatten wir lange nicht.«

Und fort eilten die Schritte.

Arne wartete noch eine Weile, dann quälte er sich aus seinem Versteck. Die beiden Gehilfen der Moorhexe waren fort, und dann kam auch schon Oskar angeschlichen und half ihm empor. Sie schauten sich achtsam in alle Richtungen um, aber von den violetten Umhängen war nichts mehr zu sehen.

»Sie wollten an einen goldenen See, sagten sie.«

»Na, der mag wo auch immer liegen, aber wir werden nicht dorthin gehen.«

Arne wurde leicht schwindelig und er setzte sich. Oskar suchte wieder nach zwei geraden Ästen oder Bretterresten, um damit Arnes Bein zu schienen. Der Fuß war jetzt ziemlich angeschwollen. Oskar nahm einen leeren Trinkbeutel, kletterte zum Rand der Ruine und holte Wasser aus dem Moor, damit benetzte er sein Beuteltuch, schlang es um Arnes Fuß.

»Wenn wir Glück haben, dann geht die Schwellung bald zurück und wir können zu den Pferden gehen.«

»Ich denke, es wird besser sein, wenn du die Tiere wieder herbringst. Ich werde eine so weite Strecke nur schwer gehen können.«

»Und unsere Suche, was ist damit?«

»Ach ja, die Suche.«

Arne schaute sich um und zuckte mit den Achseln.

»Du siehst doch selbst, wie es hier aussieht. Glaubst du, dass hier unter all dem Gerümpel noch etwas Wertvolles sein könnte? Das haben doch sicher schon andere geholt. Hier ist doch längst alles geplündert worden, was nicht niet- und nagelfest gewesen ist. An all den Balkenresten kann man keinen einzigen Zierrat mehr sehen, alles weg. Ich denke, wir werden die Suche abbrechen müssen. Wir kommen eben zu spät!«

Oskar verzog sein Gesicht.

»Wie schade. Ich wäre so gern auf Schatzsuche gegangen.«

»Und du hättest bestimmt auch deinen Teil davon abbekommen.«

Oskar rammte seine Stichlanze unwirsch in den Boden. Ein heller Klang ertönte. Die beiden schauten sich an, Oskar kniete sich hin und grub mit der Lanzenspitze in der Erde. Erst kam ein grauer Sackzipfel zum Vorschein, Oskar wurde ganz eifrig und grub schneller, dann hatte er den Rest eines Sackleinens in der Hand und zog und zog und dann hielt er etwas in den Händen, das blinkte in der Sonne im grauen Gewebe. Oskar gab alles Arne, der wickelte aus dem alten Leinen dann einen edlen Dolch in einer juwelenbesetzten Hülle. Er hielt ihn empor:

»Das also ist der Schlüssel. Der Schlüssel zu unserem Ziel. Zu unserem Schatz. Schau ihn richtig an.«

»Dann hatte diese Inschrift also recht.«

»Und wie sie Recht hatte. Die Schrift auf dem Sockel der heiligen Britta hat uns alles erzählt, was wir wissen mussten. Dort stand es auf Latein fein säuberlich eingemeißelt, alles, vom Stall und dem Boden und dem alten Sack und dem Schatz.«

Er ließ die silberne Hülle des Dolches mit den Rubinen und Smaragden in der Sonne blitzen, zog dann langsam den leicht gekrümmten Dolch am kunstvoll verzierten

Griff mit der Emailleeinlegearbeit, die eine Szene am Hofe eines Sultans darstellen sollte, aus der Silberscheide und bewunderte das mit einer arabischen Inschrift verzierte Blatt, prüfte die Schärfe mit dem Finger und leckte sich dann schnell den Blutstropfen ab, der an seinem Mittelfinger hervorgequollen war.

»Oskar, du hattest wie so oft recht. Wir dürfen nicht vor dem Ziel aufgeben, wir haben es wieder einmal geschafft. Jetzt können wir mit erhobenen Häuptern zurückkehren. Wir haben den Schlüssel gefunden!«

»Und gleich so einen reich verzierten, der Dolch allein ist doch schon etliche Dukaten wert, oder?«

»Sein Wert dürfte dir einen Erbhof einbringen, wenn du ihn je veräußern solltest. Aber wir werden ja erleben, wie dieses Messer als Öffner für einen wahrhaft großen Schatz dienen mag. Ich bin schon sehr gespannt darauf.«

»Da seid ihr ja, ihr unwürdigen Knechte der Erde. Ich werde euch von dieser Welt nehmen. Ihr sollt meine neuen Diener werden und mir in die Hölle folgen!«

Eine tiefe grollende Stimme mit einem hysterischen Unterton hatte sich wie eine Wolke über sie geworfen. Das war die Moorhexe Moraxa, die drohend in ihrem roten Gewand plötzlich zwischen all den Hölzern, Balken und Ästen und Efeupflanzen hinter ihnen aufgetaucht war. Ihr weiter Umhang triefte noch vom Moorwasser und ihre Klauen hoch erhoben lachte sie nun ein höhnisches Gelächter, das sich hinauf in den Äther schwang.

»Die Augen werde ich euch auskratzen und dann langsam lutschen! Hihi!«

Die Sonne war hinter einer dunklen Wolkenwand

verborgen, ein heftiger Wind erhob sich und trieb alle losen Äste, Zweige und kleineren Steine hin zum Wall und über diesen hinüber bis tief ins Moor hinein. Arne schwankte auf seinen Beinen, der Fuß schmerzte, aber er zog den Dolch und ließ ihn kreisen, Oskar hatte seine Stichlanze fest in beiden Händen und erhob diese drohend, Moraxa blies tief aus ihrem Inneren einen ätzenden, übel riechenden Schwall auf die beiden Männer, die davon fast betäubt wurden. Aber Oskar drückte seine Lanze fest in den rot gewandeten Unterleib der Moorhexe.

Moraxa streckte ihren linken Arm gierig aus und hieb Arne das Barett vom Schädel, er holte aus und traf die Moorhexe an der Achsel, der Dolch glitt durch Fleisch, Sehnen und Knochen wie durch eine Wurst und trennte den Hexenarm ganz ab. Giftgrünes Blut sprudelte aus der Schulter der verwundeten Hexe. Sie schrie auf und erhob sich vom Erdboden, aber Oskars Lanze hielt sie fest und spießte sie gleichsam an die Ruine des Schuppens fest. Arne schlug wieder zu und diesmal verletzte er die Hexe am Hals, aus dem floss ebenfalls ein dünner Strom dieses abscheulich riechenden grünen Saftes. Die Bewegungen und Schreie der Moorhexe wurden matter und leiser. Arne schwang den Dolch ein letztes Mal und traf mitten in die Brustgegend, wo sonst das Herz zu sitzen pflegt. Er ließ den Dolch stecken. Der federte nach und dann brach die Moorhexe zusammen, ausgeblutet, völlig entkräftet, aller Zaubermacht beraubt; das rote Gewand kräuselte sich, ringelte sich ein, verknäuelte sich, rollte sich zusammen zu einer roten Wurst, zu einem roten Ball, der immer kleiner und kleiner wurde, dann gab es einen PLOP!

Und dann war die Moorhexe Moraxa verschwunden. Einfach weg. Auf der Erde lag inmitten des Efeu nur der funkelnde Dolch. Die Sonne kam wieder hervor und ließ die Edelsteine aufleuchten. Arne hielt sich an einem Balken fest und drückte mit der rechten Hand seine zitternden Beine. Oskar zog seine Stichlanze ganz an sich heran und sagte nur:

»Die Spitze hier ist abgebrochen.«

Arne atmete tief durch, schaute sich dann um, klopfte Oskar auf die Schulter und meinte:

»So, mein Alter. Vor der Hexe haben wir jetzt wohl Ruhe, oder was meinst du?«

Er bückte sich nach dem Dolch und wischte den mit einem Grasbüschel ab und schob ihn wieder in seine Scheide.

»Für einen Schatzschlüssel war er doch auch in der jetzigen Lage ganz nützlich, oder?«

Dann gab sein linkes Bein nach und Arne fiel zu Boden. Er setzte sich richtig hin und stöhnte leise. Der Fuß schmerzte sehr. Oskar schlug ihm beruhigend auf die Schulter, nahm sein Barett vom Boden auf und setzte es ihm wieder auf den Kopf.

»Ich schau mal, ob ich nicht doch etwas finde, woraus wir eine Krücke machen können.«

Oskar klopfte die Bohlen und Bretter ab und schlug schließlich einen starken Ast ab, der oben gegabelt war. Dann wickelten sie die restlichen Fetzen des Leinensackes dort herum, damit es Arne unter der Achsel nicht so drückte. Der schob den Dolch mitsamt der Scheide unter sein Kettenhemd, dann gingen die beiden langsam zu der Senke, wo die Pferde auf sie warteten.

Oskar half Arne mühsam in den Sattel, dann nach einem letzten Blick auf die zerfallene Scheune wandten sie sich nach Süden und ritten fort von dem Grenzwall. Sie kamen durch Senken und querten kleinere Bäche, streiften durch Birkenwäldchen und klommen kleinere Hügel empor, gegen Abend dann lagerten sie am Hang eines Schieferbruchs, wo Oskar ihnen ein kaltes Mahl bereitete. Wasser genug hatten sie unterwegs gefunden und ihre Trinksäcke aus gegerbten Ziegenbälgern immer wieder auffüllen können. Sie wagten es nicht, ein Feuer zu machen, denn noch waren sie sich nicht sicher, ob nicht die Gehilfen der Moraxa sie verfolgten, um Rache zu nehmen nach dem Tode ihrer Herrin. Sie beschauten sich noch einmal den kostbaren Fund und Oskar zog den Dolch aus seiner juwelenbesetzten Scheide und streichelte die scharfe Klinge:

»Wer weiß, was diese Waffe schon alles angerichtet hat. Dabei sieht der Dolch so unschuldig aus, fast wie ein Schmuckstück, was nur zur Zierde sein soll. Aber du hast damit die Moorhexe besiegt, und wer weiß, vielleicht wird diese nicht das letzte Opfer dieser Waffe sein.«

Sie wickelten sich in ihre Decken und Arne lag noch lange wach, den Blick zu den Sternen gerichtet und dachte nach über die Geschehnisse der letzten Tage. Als er Oskars ruhiges Schnarchen hörte, beruhigte es ihn, er lächelte und dachte, was für einen treuen Kameraden er doch in ihm hatte, er mochte ihn sehr. Dann nach den letzten Gedanken an die schöne Helene ließ er sich langsam in Morpheus Arme fallen.

11

Am nächsten Morgen nach dem kargen Frühstück nahm Arne ein paar Bügelriemen und band sich damit den kostbaren Dolch auf den Rücken unter dem Kettenhemd fest. So hatte er die Gewissheit, dass er zum einen den Schlüssel zu dem sagenhaften Schatz immer bei sich trug, er war also in Sicherheit, und zum anderen, dass er sich so besser bewegen konnte, als wenn er den Dolch immer im Gürtel führen müsse. Sein Fuß war noch immer sehr angeschwollen. Sie saßen auf und ritten weiter.

Hinter einigen Hügeln kamen sie an einen kleinen Weiler, ein paar Häuser nur, Stallungen und ein kleiner Markt, auf dem sich allerlei Volk versammelt hatte, denn hier waren ein paar Gaukler dabei, sich ihr Abendbrot zu verdienen. Sie hatten von einem Dach zum anderen quer über den kleinen Marktplatz ein Seil gespannt und zwei Künstler tanzten auf diesem Seil eine Mazurka, derweil die drei anderen die Musik machten mit Schalmei, Pauke und Bandurria. Die Gesichter hatten sie weiß angemalt und ihre Münder rot und breit umrundet. Alle trugen bunte weite Gewänder mit vielen flatternden Bändern, besonders die beiden auf dem Seil wollten wohl den Eindruck erzeugen, als flögen viele bunte Vögel durch die Dorfluft, sie tanzten hin und her, und eine der Figuren ließ sich plötzlich fallen und hielt sich allein mit den Händen am Seil fest, dann zog sie sich wieder hoch. Die Dörfler schauten und lachten und staunten, es gab viel Beifall, und ein kleines Mädchen ging mit einem Filzhut durch die Zuschauer und sammelte. Es gab nur wenig Groschen, aber viele Lebensmittel, Hartkäse, Brot, Bohnen und ein ganzes Tuch voller Erbsen. Eine besonders erfreute Bauersfrau brachte sogar einen Schlag Butter, in einen Fetzen alten Rockes eingeschlagen. Nach einer Weile drehten sich die beiden Seiltänzer um ihre Achsen und sprangen dann vom hohen Seil herunter, verbeugten sich unter dem Beifall der Menge und verschwanden hinter den Häusern. Zurück blieben nur zwei Musiker, von denen einer nun ein großes Leintuch entrollte und dieses auf einen Stab spießte, der andere stellte sich in Positur und dann sang er eine Moritat, das Lied von der Moorhexe Moraxa. Der andere hielt derweil das bemalte Leintuch hoch am Stab und zeigte mit einem dünnen Ast auf das jeweilige Bild, von dem der Sänger zu der Laute sang:

»In den weiten braunen Mooren,
wo die Hoffnung bald erlischt,
ist ein Wanderer verloren,
wenn Moraxa ihn erwischt!
Denn mit gellend schrillem Lachen
in dem roten Fressgewand
springt sie auf aus Wasserlachen
von der Hölle selbst gesandt.
Scharfe Klauen sind die Hände,
sie zerreißen jeden Mann!
Wenn er auch in Eisen stände,
zieht sie ihn in ihren Bann.
Grüner Geifer, scharf wie Galle,

trieft aus ihrem breiten Maul,
sie verzehrt in jedem Falle
jeden Mensch und jeden Gaul!
Schwefel zieret ihre Kleider,
heiß genäht in Höllenglut.
Und so mancher Halsabschneider
schmeckte ihr besonders gut!
Ja Moraxa aus den Mooren
lauert auf euch Tag und Nacht!
Drum bleibt fern, ihr armen Toren,
wenn sie noch so lockt und lacht.«

Nachdem sie ein paar Kupfermünzen eingesammelt hatten, zogen sich dann die Musiker zurück in zu ihren bunten Wagen, die am Rande des Weilers neben dem Dorfteich standen. Dort zogen sie sich um und kamen in normaler Gewandung wieder hervor, um ihr Essen zu bereiten. Arne und Oskar hatten auch zugeschaut und sich am Anblick der bunten Farben und den artistischen Kunststückchen erfreut, bei dem gruseligen Lied über die Moorhexe hatten sie sich angeschaut und breit gegrinst, denn sie wussten es ja besser. Aber es war für die Bewohner des Weilers sicher besser, wenn sie sich dem Grenzwall nicht zu sehr näherten. Denn auch ohne Moorhexe blieben die Tücken des Sumpfes doch bestehen, und vor allem die Kinder waren gefährdet, denn diese konnten sich aus eigener Kraft sicher nicht aus den saugenden Umklammerungen der Torfpflanzen herauswinden. Die beiden Männer wendeten ihre Tiere und ritten weiter.

Zu gegebener Zeit schlugen sie ihr Nachtlager an einem murmelnden Bach auf, wo Arne seinen Fuß kühlen konnte; dann schliefen sie unbehelligt von Albträumen, Mücken oder anderem schlimmen Getier, und sie bemerkten nicht einmal, dass eine blaue kleine Gestalt aus dem Bächlein auftauchte und sich immer wieder über die schlafenden Männer beugte, mit einem goldenen Glanze in den Händen dann Arnes Fuß mehrmals übergoss und dann wieder verschwand. Erfrischt erwachten die beiden am nächsten Morgen, Arne beugte sich zu seinem linken Fuß und wundere sich laut, dass die Schmerzen vorüber waren. Er trat ein paar Mal fest auf, aber der Fuß blieb schmerzfrei. Froh darüber ritten sie weiter und bogen allmählich immer mehr nach Südwesten ab, so dass Oskar schließlich nicht mehr an sich halten konnte und fragte, wo sie denn um alles in der Welt nun hinreiten wollten.

»Aber Oskar!«, sagte Arne lächelnd, »du kennst doch den Ort unseres geheimen Zieles. Wir werden schon noch zu unserer Kreisstadt und dem dort verborgenen Schatz kommen, aber ich dachte mir, weil es ja geradezu am Wegesrand liegt, dass wir einen kleinen Abstecher nach Luisenstein machen könnten.«

Nun muss man wissen, und Oskar wusste das genau, so wie er seine Schuhgröße im Kopfe hatte, dass Burg Luisenstein der bevorzugte Aufenthaltsort der Gräfin Helene war, im Sommer zumindest. Wenn sie, wie so oft schon, aus der strengen Obhut ihres Oheims, des Grafen Waldemars, entkommen wollte. Dieser achtete streng auf sein Mündel, brachte dieses ihm doch einen schönen Batzen Dukaten ein, Jahr für Jahr. Und wenn er Helene noch gut verheiraten konnte, dann waren seine finanziellen Sorgen fürs erste beseitigt. All das wusste auch Helene, und daher bemühte sie sich, so viel als möglich in Luisenstein zu verweilen. Denn der Graf Waldemar von Freierswald mochte dort nicht gern sein, das Bett war ihm nicht bequem genug, und für ein neues war er zu geizig. Und dann gab es da Mücken in Hülle und Fülle, Zikaden und Grillen ließen ihre schabenden Hinterbeine tönen und Spechte klopften in den Wäldern ringsum und überhaupt war es ein wahres Vogelparadies. Es zirpte und tschillte und girrte und trällerte, es war für Menschen, die Freude am Vogelsang haben, ein rechtes Gesangstheater und eine reiche Fundgrube von Melodien.

Hierhin wollte Arne also auf seinem Ritt, Oskar konnte das nur zu gut verstehen, und nun, als er wusste, wohin es gehen sollte, saß er mit noch mehr Elan im Sattel und freute sich, denn auf Luisenstein gab es eine Köchin, Maria hieß sie, die war nicht ohne, bei dem letzten Aufenthalt vor zwei Jahren hatte sie ihm die kleine praktische Hintertür gezeigt, durch die man ohne große Müh auf den Heuboden kommen konnte, und damals war es eine für Oskar recht vergnügliche Zeit gewesen.

Sie ritten Meile um Meile, die Landschaft wurde welliger, ein kleiner Bach mit etwas Schilf am Ufer, dann wurden die Hügel etwas höher und steiler und endlich lag vor ihnen der Luisenstein mit dem kleinen Sommerschlösschen auf der Spitze. Aus der weiten Ebene erhob sich ein fast rechteckiger Hügel mit sanft abfallenden Wänden, die voller Brombeeren und Buschrosen saßen, zwischen denen sich die Zufahrt wand. Auf dem kleinen Türmchen flatterte das Banner der Gräfin als Zeichen ihrer Anwesenheit: ein blaues Banner mit drei Mohnblumen. Die Mohnblumen waren einstmals das Zeichen einer unverbrüchlichen Liebe zwischen dem großen Kurfürst und der schönen Martha gewesen, diese Vorfahren von Helene waren längst in ihren Marmorsarkophagen vermodert, aber die Erinnerung an die Kraft der Mohnblumen wurde von Generation zu Generation weitergegeben und so wurde auch entlang der Äcker der Gräfin in jedem Jahr wieder roter Mohn gepflanzt.

Arne nahm sein Barett vom kahlen Schädel und wischte ihn sich ab. Der Ritt war doch anstrengender gewesen, als er geglaubt hatte. Dann ritten sie weiter auf das Schlösschen zu und den Weg hinan. Das Burgtor stand einladend offen, und als sie in den Burghof einritten, schaute eine überraschte Helene in einem gelben Gewand gerade vom Söller herab und hielt sich vor Entzücken die Hand vor den Mund, denn für eine so hohe Dame schickte es sich nicht, Freudenschreie herauszulassen. Sie gab rasch ihren Bediensteten einen Wink und den beiden Ankömmlingen wurden ihre Pferde abgenommen und in ihre Stallungen geführt. Der eher etwas steife Haushofmeister hieß die beiden Männer willkommen und führte sie die breite Treppe zur Eingangshalle empor und zeigte ihnen die Räumlichkeiten. Ritter Arne und Oskar betraten ihre Gemächer, wo sie sich erfrischen und reinigen konnten. Sie bürsteten und klopften so gut es eben ging den Staub aus ihren Kleidern und reinigten ihre Stiefel; dann stiegen sie hinab in das große Gemach, wo die Hausherrin sie schon neben einem kleinen Feuer erwartete. Beide Männer verbeugen sich tief und Helene erwiderte die Grüße und hieß sie herzlich willkommen, gab auch Oskar ihre zarte Hand und sagte dann mit ihrer glockenhellen Stimme:

»Fast hätte ich euch nicht erkannt, Ritter Arne! Dieser Bart ist doch neu. Habt ihr ein Gelübde abgelegt oder ist es jetzt bei Hofe für die Ritter Mode, nur noch mit Bart zu erscheinen?«

Arne wehrte ab.

»Nein, edle Dame Helene, ihr liegt völlig falsch mit euren Vermutungen. Ich habe mir den Bart nur aus reiner Gedankenlosigkeit zugelegt. Wenn ihr es wirklich wissen wollt, ich habe ganz einfach mein Rasiermesser vergessen.«

Alle lachten, die schöne Dame nahm Arne aber gleich beim Arm, was augenblicklich den großen Kloß in seiner Kehle hinwegschmelzen ließ, dieser war beim Anblick der so schönen Dame in ihm hochgestiegen, so dass er befürchtet hatte, er würde den ganzen Abend keinen Ton mehr herausbringen. Und dann strich die edle Dame ihm mit zarter Hand über seinen Wangen und meinte, dass ihm dieser wohl gut anstehe, und von Stund an mochte Arne seinen neuen Bart. Dazu kam die freundliche ungezwungene Art, wie Helene mit ihm plauderte, und dann ihre unmittelbare Nähe, er spürte die Wärme des biegsamen schlanken Frauenkörpers und in ihm zerbrach etwas, er hoffte, es war die Scheu vor dem Weibe und die Zaghaftigkeit des unerfahrenen Mannes. Arne lächelte so richtig von innen heraus und gab sich ganz dem Gespräch hin. Helene führte ihn so zu der Tafel, wo Rebhuhn, Lachs und Obst neben frischem Brot auf die hungernden Reisenden wartete.

»Hier, ich muss euch etwas zeigen. Eine Neuheit. Ich habe sie erst vor einer Woche von meinem Vormund, dem Grafen, bekommen. Angeblich speisen jetzt alle vornehmen Leute von Paris bis Stockholm mit so etwas.«

Helene hielt ein metallenes Werkzeug mit zwei spitzen Zinken empor.

»Und wie nennt man das, und wozu soll das gut sein?«

»Man nennt es eine Gabel. Und nun wartet es ab.«

Helene nahm die zweizinkige Gabel und stach damit vom Wildteller ein Stück Rebhuhn ab und legte es auf ihren Teller.

»Seht ihr, so macht man das. Da bleiben die Finger dann fettfrei und sauber.«

Sie hielt auf ihrem Teller das Stück Rebhuhn fest und schnitt mit dem Messer kleine Stücke davon ab, die sie dann mit der Gabel zum Munde führte. Die beiden Männer staunten nicht schlecht und dann versuchten sie es ebenfalls mit den neuen Werkzeugen, die an ihren Plätzen lagen.

»Warum einfach, wenn es auch umständlich geht!«, murmelte Oskar.

»Aber Oskar! Merkst du nicht, wie eine derartige Etikette deine Haut schont?«

»Meine Haut?«

»Ja. Natürlich, wenn du mit dieser neuen Erfindung ein Stück Fleisch auf deinen Teller holst, dann bleiben deine Hände doch sauber. Und so brauchst du nach dem Essen deine Hände nicht mehr so zu schrubben!«

Alle lachten. Sie speisten mit gutem Appetit und berichteten über allerlei, was sich in der direkten Umgebung so getan haben mochte, was sie so an Ereignissen erlebt hatten, auch von den Komödianten und der Moritat über Moraxa und Helene lachte hell auf und meinte, dass sie niemals an eine solche Hexe glauben könne.

Oh, wie Arne dieses Lachen liebte. Sie hätte nie aufhören sollen, Oskar erzählte aber auch zu komisch. Über das eigentliche Abenteuer aber mit der Schrift auf dem Stein der heiligen Britta und der Begegnung mit der Moorhexe schwiegen sie, wie auf Verabredung.

Dann wollten sie das Neueste hören aus der Kreisstadt und wie es ihren Verwandten wohl gehen möge, und Helene berichtete, dass der Graf schwer mit seiner Gicht zu kämpfen hatte, denn der neue Rotwein, den er vom Weinhändler Grothe vor einer Woche erhalten habe, der sei wohl so gut und schmeckte so hervorragend, dass der arme Graf nicht umhin gekonnt hatte und gleich ein halbes Dutzend Flaschen geleert habe. Nun sei der Gichtanfall wohl die Quittung dafür, sein Leibarzt habe ihn ja gewarnt.

Sie erhoben sich und gingen hinüber zu der offenen Veranda, dort rankte das Weinlaub empor und umschloss den ganzen Söller; sie konnten in bequemen Lehnstühlen mit Weidengeflecht ihren Wein trinken, derweil die Bediensteten die Tafel aufhoben, Teller und Bestecke in die Küche trugen und eine der Mägde, die Bärbel, mit einem kleinen Weidebesen den Tisch abfegte und die restlichen Krumen auf einen Zinnteller fallen ließ, den sie dann zu einem kleinen Flurfenster trug. Dieses

Fenster war in dem Flur zwischen Speisesaal und Küche und stand immer offen, sommers wie winters. Sein Bord war ziemlich hoch, denn dort stand der Rest des Mahles, der für das kleine, unsichtbare Volk bestimmt war.

Man munkelte, dass in bestimmten Zeiten sogar die Oberfee Mab an diesem Ort zu speisen pflegte, weil es hier die sonderbarsten Leckereien gab. Und wie diese neumodische Gabel, so holte die hohe Frau Helene auch manch einen neuen guten Koch auf das Sommerschloss, und somit bekamen nicht nur die menschlichen Gäste erlesene Speisen, sondern auch das kleine Volk, die unsichtbaren, die Feen und Geister.

Auf der luftigen Terrasse war es etwas kühler als drinnen, aber nur ein wenig, so dass die Gespräche hier gut fortgeführt werden konnten. Helene erzählte, dass es da ein Feuer gegeben habe in der Stadt, zwei Kaufleute hätten sich gegenseitig beschuldigt, den jeweils anderen betrogen zu haben, aber da nun beider Häuser abgebrannt seien, könne man von Seiten der hohen Gerichtsbarkeit nichts mehr überprüfen. Dann gehe das Gerücht, dass ein hoher Domherr in der Nachbargemeinde eine Hexenverbrennung vorgenommen habe, man munkele so, dass da nicht alles mit rechten Dingen zugegangen sei, denn kurz nach dem Tode der Frau habe ihr Hof einen neuen Besitzer bekommen, und dieser, so sagt man, habe einen ziemlich großen Beutel Dukaten an den Domherrn abgeben müssen.

Oskar rutschte auf seinem Lehnstuhl hin und her:

»Sagt doch, hohe Frau, wisst ihr zufällig auch den Namen dieses Domherren?«

Helene schaute auf und dachte nach.

»Ja, der Name. Da war etwas, ich glaube, etwas Nahrhaftes. Die Marthe hat es mir erzählt. Wartet, ich hab es gleich, ja richtig, es soll sich um den Hagen von Hevekost gehandelt haben.«

»Zum Donner, wisst ihr noch, mein Herr Ritter. Das war doch genau dieser Domherr, der sich so seltsam benommen hatte, als wir da in der Kirche …«

Oskar brach mitten im Satz ab, denn er sah, wie sich der Blick seines Herrn Arne verfinstert hatte. Da hätte er nun um ein Haar etwas sehr Dummes gesagt und eines ihrer Geheimnisse preisgegeben, und das hier in aller Öffentlichkeit, wo wer weiß wie viele Ohren alles mithörten, was sie hier auf der offenen Veranda sagten.

»Soso, ihr kennt also diesen von Hevekost?«, fragte Helene.

Arne winkte ab.

»Es war ein reiner Zufall, dass wir uns in der Stadt begegnet sind. Es begann plötzlich ziemlich stark zu regnen und da haben wir beide die gleiche Zuflucht gewählt, eine Kirche. Der Domherr hat kaum ein Wort gesagt und zeigte sich auch sonst eher abweisend und kühl, und ich sah meinerseits keinen Grund, ihn anzusprechen. Wir haben meist nur schweigend in das Wetter geschaut, und dann ist der Schauer auch schon vorüber gegangen und wir sind jeder unserer Wege gezogen.«

»Soso.«

Helene lächelte etwas maliziös, als ob sie das nicht ganz glauben konnte oder wollte, dann erhob sie sich grazil, strich noch einmal über Arnes Wange und meinte, dass sie sich im Laufe der Zeiten wohl gut an den Bart gewöhnen könne und wünschte den beiden Männern eine gute Nachtruhe; sie selbst begab sich in ihre Gemächer. Arne und Oskar hatten sich natürlich erhoben und dann gab Arne dem Oskar einen gehörigen Knuff.

»Kannst du nicht einmal dein großes Maul halten! Sollen denn alle gleich wissen, was wir getan haben oder was wir noch tun müssen, eh?«

Oskar war zerknirscht und zog und drehte an seinen Fingern, er gab nur »Öh« und »Äh« und ein »Aber …« von sich, schluckte den Rest hinunter, denn er wusste, Arne hatte ja so recht. Um ein Haar und er hätte von der Schrift erzählt und dann hätten sie alles berichten müssen und und und. Dabei wollte er doch nur Gewissheit haben, dass dieser vermaledeite Domherr einer von der schlimmen Sorte war.

Er nickte nur und schlich sich seiner Wege. Die führten ihn dann direkt in die Küche, wo ihn seine Maria schon sehnsüchtig erwartete. Nach einer innigen Begrüßung führte Maria ihn dann auf geheimen Gängen zu dem Heuboden. Aber unter der Leiter, die den Weg ins Paradies für Oskar verhieß, saß eine der Mägde und schluchzte bitterlich.

Oskar zog sich um die Mauerecke zurück und lauschte nur. Maria ging zu der Magd, es war die Bärbel, diese heulte immer wieder laut auf und hob ihr Gesicht, so dass Maria sie genau anblicken konnte.

»Oh du Ärmste, wie konnte das denn nur geschehen?«

Die beiden Lippen von der Bärbel waren übersät mit

eitrigen Pusteln, die an den Ecken des Mundes schon aufzuplatzen begannen.

Bärbel heulte auf und dann berichtete sie, dass sie wie fast an jeden Tag den großen Zinnteller mit den Überresten des abendlichen Mahles in das offene Fenster des kleinen Volkes stellen sollte.

»Aber heute lagen da so leckere Brocken darauf, das war wohl wegen der Gäste, da hat Gräfin Helene extra etwas für das kleine Volk übrig gelassen, und da konnte ich einfach nicht wiederstehen, da hab ich die besten Stücke einfach weggenommen und aufgegessen. Und dann nach einer Stunde etwa, da kam so ein Brausen durch die Luft und ich fühlte ein paar Stiche in meinen Lippen und nun hab ich die Bescherung.«

Sie barg ihr entstelltes Gesicht in beiden Händen und heulte weiter.

Die Köchin Maria nahm sie in die Arme und versuchte zu trösten.

»Na weißt du, das war auch nicht recht von dir. Du solltest es eigentlich besser wissen. Du hast die Strafe für deinen Ungehorsam direkt von der Fee Mab erhalten, von der Obersten aller Feen. Du weist doch, die Mab ist nicht größer als ein Edelstein, wie etwa ein Rubin, und sie fährt in einer Kutsche aus einer hohlen Haselnuss gefertigt mit einer kleinen Mücke als Fuhrmann, die sitzt im grauen Mantel vorn auf dem Bock und lenkt das Gespann aus Sonnenstäubchen mit Zügeln aus Mondstrahl, und die Speichen der Kutsche sind aus Spinnenbeinen, das Deck aus den Flügeln der Heupferde. Und Mab, die Oberste der Feen, bringt allen Menschen, die dem kleinen unsichtbaren Volk Übles tun, kleinere Gebrechen wie zum Beispiel plötzliche Lippenbläschen oder aber bei schlimmeren Vergehen, da gibt es Beinbrüche und sogar einen gebrochenen Hals, wenn eine Leiter zusammenbricht oder so. All das hast du doch gewusst, du dummes Ding! Nun heul dich erst mal aus. Geh jetzt in deine Kammer und leg dich hin, du wirst noch ein paar Tage mit diesem Mal deiner Schande zu tun haben, aber dann geht alles weg. Also los. Nun geh!«

Und die Magd Bärbel trollte sich voll Unmut und Zorn und Scham und unter lautem Geheul. Oskar aber kam nun wieder hervor und gemeinsam mit seiner Maria kletterten sie auf den Heuboden und hatten eine recht vergnügliche Nacht.

Ritter Arne schaute von der Veranda noch in den Nachthimmel, durch das Blätterdach über sich sah er vereinzelt Sterne funkeln. Und dann, fast mehr erahnt als gesehen, konnte er eine kleine Bewegung in dem Laub erkennen, da fiel etwas von Ast zu Ast, von Blatt zu Blatt. Er hielt seine beiden Hände weit offen in die Fallrichtung und fing etwas auf. Als er das Etwas betrachtete, sah er ein vierbeiniges Wesen, eine zartrosa Haut bedeckte es von der geschlossenen Schnauze bis zu dem Hinterteil mit einem schwanzähnlichen Ansatz. Wo sonst bei anderen Tieren Augen zu sein pflegen, konnte er hier nur durchsichtige Häute über einer kleinen Wölbung erkennen.

»Na, wer bist du denn?«, fragte Arne leise.

»Das ist ein Eichhornkleinkind!«, erwiderte eine helle Stimme. »Das Tierchen ist wohl aus dem Nest gefallen.

Und es ist vermutlich erst drei Tage alt, die Augen sind noch fest geschlossen. Wenn du gestattest, werde ich es wieder zurück ins Nest befördern.«

Arne streckte seine beiden Hände schüsselförmig mit dem kleinen Eichhörnchen aus in die Nacht. Ein helles Blitzen, wie von unzähligen Strahlen einer Wunderkerze, die sich zu einer leuchtenden Kugel formierten, legte sich um seine Hände, und dann flog dieser Leuchtball mit dem Eichhornjungen durch die Blätter nach oben und war dann verschwunden.

»Nun, ich hoffe, ich habe dich nicht zu sehr erschreckt.«

Das war wieder diese helle klare Stimme. Arne wandte sich um. Da stand mitten in der Luft auf einem Mondstrahl dieser kleine Wagen, eigentlich eine richtige Karosse, aus einer hohlen Haselnuss kunstvoll geschnitzt, mit einer grauen Mücke als Kutscher und den Speichen aus Spinnenbeinen und darin saß hoheitsvoll die Oberfee Mab.

»Ich habe schon von dir gehört, Fee Mab. Aber ich hatte noch nicht das Vergnügen, dich wirklich zu sehen.«

»Die meisten Menschen übersehen mich, denn sie können nicht richtig schauen. Sie sehen oft nur das, was sie wollen, oder von dem sie denken, dass es dort an Ort und Stelle sei. Du bist einer von den Einsichtigen, und du weißt um vielerlei Dinge in der Natur und in der Geisterwelt. Und außerdem hast du die uralte Moorhexe Moraxa besiegt und zu ihren Ahnen geschickt. Allein dafür solltest du belohnt werden.«

Arne lächelte.

»Aber wer sollte mich wohl dafür belohnen? Und womit wohl auch? Du denkst sicher, dass wir Menschen alle nur auf eine Gelegenheit warten, von allen belobigt zu werden und auf Händen getragen zu sein. Ich weiß auch nicht, ob das so eine gute Idee wäre. Stell dir nur vor, ich muss vor einer große Masse Volkes stehen und etwas sagen. Allein bei dem Gedanken bricht mir der Schweiß aus. Und dann all diese unnötigen Reden der Hochwohlgeborenen und der hohlköpfigen Bürgermeister und die vielen Pokale, die geleert werden müssen. Oskar hätte wohl seinen Spaß daran, aber das ist nichts für mich. Nein, nein, lass mich man so in meinem Leben, wie es sich so ergibt, da bin ich schon zufrieden.«

Die Fee lächelte ihn an und sagte etwas leiser:

»Und was denkst du über die holde Dame Helene? Soll diese dich auch einfach so nebenbei betrachten und dann ein kleiner Gruß zum Abschied und das war es dann?«

Arne fühlte, wie ihm das Blut zu Kopfe stieg. Er räusperte sich, schaute sich um, aber da war keiner, niemand kam ihm zu Hilfe, und ehrlich gesagt, er war ziemlich froh, dass keiner ihn sehen oder hören konnte.

Was er aber nicht ahnte, die Dame Helene, die über der Veranda ihr Schlafgemach hatte, war vom Lichterglanz der Wunderkerzenkugel ans Fenster gelockt worden und hatte den Aufstieg dieser Glitzerkugel klar und deutlich gesehen, so wie sie klar und deutlich auch den Ritter und die Oberfee unter sich sehen konnte, und da machte Dame Helene zwei nicht sehr standesgemäße Dinge: zum einen belauschte sie das Gespräch zwischen Arne und Mab, zum anderen stand ihr der Mund weit offen. Diese beiden Dinge hätte Helene unter anderen

Umständen bei allen anderen an ihrem Hofe für verdammenswert erachtet, aber nun, sie war auch nur eine Frau, und der Ritter war ihr nicht gleichgültig, und zudem, auch eine edle Dame konnte nicht damit rechnen, die Oberfee Mab jemals zu Gesicht zu bekommen. So stand sie also ganz still im Dunkeln verborgen und belauschte die beiden unter sich.

Sie war sehr gespannt, was Arne wohl auf die Frage der Fee nach sich selbst antworten würde. Aber sie wunderte sich auch nicht, als Arne sich räusperte und wie mit einem Kloß im Hals meinte, dass er der Dame Helene wohl recht zugetan sei, dass aber die Etikette und der große Standesunterschied und der Vormund des Mündels und sein mangelndes Vermögen und überhaupt und weil doch das Jahr noch recht jung sei und dann …

»Du redest aber ziemlich viel unnützes Zeug«, unterbrach ihn die Fee.

»Ich kann dich verstehen, aber all deine Abers und Wenns ändern doch nichts an der Tatsache, dass du dich gern mit der schönen Helene verbinden möchtest, oder?«

Arne schaute rings umher, überall Nacht, Bäume, die Verandabrüstung gab ihm Halt, vor ihm auf einem Mondstrahl balancierte die Kutsche der Oberfee, die ihn erwartungsvoll anschaute, was sollte er denn nur sagen oder tun? Er fühlte sich viel hilfloser als bei dem Angriff der Moorhexe.

Ein helles Lachen, Mab winkte ihm zu und meinte dann:

»Warte nur ab, es wird alles so werden, wie es für dich am allerbesten ist. Nun leb wohl, und falls es einmal erforderlich sein wird, dann ruf mich. Ich werde kommen. Adieu!«

Dann verschwand die spinnenberäderte geschnitzte Haselnusskarosse mit dem grauen Mückenkutscher und der Oberfee hinauf in die Nacht. Arne blieb etwas verwirrt zurück. Es dauerte dann eine ganze Weile, als er schon in seiner Bettstatt lag, ehe er endlich eingeschlafen war.

12

Die Sonne stand schon hoch am Firmament, als Ritter Arne endlich am nächsten Morgen in den Speisesaal eintrat. Dame Helene wandte sich von Fenster ab und begrüßte ihn freundlich lächelnd und deutete auf den reich gedeckten Tisch:

»Nun setzt euch schon. Ihr seid ja ein Langschläfer. Oder habt Ihr des Nächtens noch so viel zu tun gehabt, Herr Ritter?«

Arne fühlte, wie ihm das Blut zu Kopfe stieg. In diesem Augenblick war er froh über seinen neuen Vollbart, der sein Erröten so gut verhüllte. Er setzte sich und schaute sich um. Sie beide waren allein.

»Nun greift wacker zu!«

Helene breitete ihre beiden Arme weit aus, dass ihre glockenförmigen Seidenärmel in der Luft schwangen wie die Blüten der Glockenblumen. »Wie Ihr seht, seid Ihr der Allerletzte. Euer wackerer Knappe ist schon vor Stunden in der Küche gewesen, er scheint ebenfalls eine ziemlich ereignisreiche Nacht hinter sich zu haben, sein Kopf brummt ihm. Er ist wohl den edlen Tropfen nicht so gewöhnt. Bekommt er denn bei Euch zu Hause nicht genug davon?«

Helene lachte hell auf und füllte Arnes Becher mit dem hellen würzigen Dünnbier, was alle hier bekamen, auch die Kinder, wenn sie nicht nur Wasser im Krug haben wollten. Arne wandte sich schnell dem Tisch zu und nahm sich ein Stück Brot, schnitt einen Trumm von dem Käselaib ab und schob sich zwei, drei Radieschen in den Mund.

»Sagt mir doch, Herr Ritter, werdet Ihr mir in den nächsten Tagen oft die Gelegenheit geben, mit Euch zu reden, vielleicht sogar auf der Kirmes im Anger zu tanzen? Es ist zwar nicht die gute Sitte, weil meine würdige Anstandsdame Martha noch beim Grafen Waldemar ist, sie soll dort an meiner Aussteuer sticken, so jedenfalls hat er es beschlossen. Ich selber meine zwar, dass er es auf die Martha abgesehen hat. Und sie schien nicht abgeneigt zu sein, denn sie hat sich nicht lange geziert. Also wie ist es mit uns beiden, edler Ritter Arne van Dries?«

Arne kaute und schluckte und schaute in das freundlich lächelnde Antlitz der Dame Helene und wäre doch am liebsten unsichtbar in einem kleinen Mauseloch verschwunden. Jetzt hätte er gut und gern die Hilfe der Feenoberin gebraucht, sie hätte ihm sicher aus der Verlegenheit helfen können. So blieb ihm aber nichts anderes übrig, als mit errötendem Kopf der edlen Dame zu sagen, dass er sich freue, wenn er ihr behilflich sein könne, und überhaupt, aber, und da verhaspelte er sich fast, er könne all das, was er wirklich meine und wolle, doch nicht erzählen, denn es sei sicher ungehörig, einer gräflichen Dame, zumal einem Mündel des Reichsgrafen Waldemar, von Dingen zu reden, die vielleicht nun einmal nicht rechtens seien. Helene stand kerzengerade vor ihm und schaute ganz ernst drein:

»Ich muss Euch sagen, Arne, Ihr habt viel zu viele Bedenken, meine ich. Denn wisset, dass dieser Graf Waldemar nur noch zwei Jahre mein Vormund sein wird.

Dann bin ich frei, dann bin ich meine eigene Herrin, dann kann ich uneingeschränkt über all mein Vermögen selbst verfügen. Der Graf weiß das und er ist zur Zeit noch sehr froh, dass er Jahr um Jahr von meinen Pfründen schmarotzen kann, dass ich seinen Hofstaat unterstütze und ihm so sein prachtvolles Leben ermögliche. Daher versucht er ja auch, alle Bewerber um meine Hand zu verscheuchen, denn er weiß wohl, wenn ich erst verheiratet bin, dann ist es aus, dann bekommt er keinen Dukaten mehr von meinem Vermögen. Und so hat er mit diesem Domherren ein Bündnis geschlossen, dass dieser Domherr, dieser Hagen von Hevekost, mich erst dann ehelichen soll, wenn diese elende Vormundschaft vorbei sein wird.«

Arne fuhr auf und packte Helene an den Armen.

»Ist das wahr?! Hat dieser elende Domherr Euch gefragt? Und der Graf hat in diese Verbindung eingewilligt?«

Helene nickte stumm. Dann schlang sie ihre Arme um Arne und küsste ihn.

Arne wusste nicht, wie ihm geschah. Er fühlte ihre warmen Lippen auf den seinen, er nahm den atmenden schlanken Körper an seinem wahr, er roch den honigsatten Duft ihres Haares. Er schloss die Augen und ließ sich in einen süßen Traum fallen. Dann löste sich Helene von ihm und lächelte und sagte:

»So wie ich es sehe, Arne, ich darf doch jetzt einfach nur Arne sagen, also, ich denke mir, es gibt drei Möglichkeiten. Die erste ist, dass Ihr weit in die Fremde geht und als reicher Mann wiederkehrt und dann um meine

Hand anhaltet und der Graf nach entsprechendem Geldgeschenk mich an Euch verschachert. Die zweite Vorstellung ist die, dass Ihr so lange wartet, bis ich aus der Vormundschaft nach zwei Jahren frei werde und dann kommt Ihr und freit um mich und ich werde Euch erhören. Die dritte Möglichkeit ist die, dass Ihr mich entführt und mich heimlich heiratet. Dann bin ich endlich der Vormundschaft entkommen und außerdem noch Eure Frau. Nun, was meint Ihr? Welche der drei Möglichkeiten möchtet Ihr wählen?«

»Es gibt noch eine andere, edle Helene, denn es könnte doch sein, dass ich in Kürze schon über ein Vermögen verfügen kann, mit dem ich Euch aus der Vormundschaft befreien könnte, aber trotz des plötzlichen Reichtums könnte ich Euch entführen und dann werden wir uns trauen lassen, am besten im Münster. Denn gegen das Wort eines Kardinals kann selbst der Graf Waldemar nur wenig unternehmen. Dann muss er Euch aus der Vormundschaft entlassen.«

»Oh Arne!«

Die schöne Helene warf sich an seine Brust und drückte und herzte ihn und er tat desgleichen.

Da ertönte das helle Läuten einer kleinen Glocke. Helene hob die Arme und löste sich aus Arnes Umarmung.

»Die Silberglocke ruft. Ich muss sofort hinunter. Es kommen wichtige Gäste.«

Und fort eilte sie mit wehendem Haar, hinunter in die Eingangshalle, wo schon der Haushofmeister auf sie wartete. Arne stand wie erstarrt, doch in seinem Inneren tobte es. Am liebsten wäre er die Wände hochgelaufen oder hätte über den ganzen Speisetisch Purzelbäume geschlagen oder oder. Es klang in ihm nach: Dame Helene liebt mich!

Sie wollte und würde ihn heiraten, würde sein Weib sein. Er schloss verzückt seine Augen. Als er sie wieder öffnete, sah er am Türpfosten seinen Knappen breit grinsend lehnen.

»Na, Herr Ritter, hattet Ihr auch eine schöne Zeit?«

»Aber Oskar, was schleichst du dich hier so heimlich herein?«

»Verzeiht mir, Herr Ritter! Ich wollte nur vermelden, dass in Bälde hoher Besuch auf Burg Luisenstein eintreffen wird, und zwar kommt dieser Domherr, der Herr von Hevekost. Der kommt mit all seinem Gefolge. Das sagte mir der Gero, der Jagdaufseher des Grafen. Der ist nämlich gerade angekommen.«

»Was? Der Hevekost kommt her?! Dann müssen wir aber schleunigst los. Geh, pack deine Sachen, wir treffen uns unten in der Halle.«

Die beiden liefen zu ihren Gemächern und packten in aller Hast ihre Siebensachen zusammen; Arne wickelte den Edelsteindolch in seinen alten Ledermantel, er wollte ihn hinter sich am Sattel festschnallen. Als er unten in der Halle ankam, sah er den Jagdaufseher des Grafen und begrüßte ihn herzlich:

»Ihr bringt schlechte Nachrichten, Meister Gero.«

»Schlecht nur für den, der hier mit solchen Leuten hausen muss, wie sie bald ankommen werden. Ihr müsst folgendes wissen: Graf Waldemar hat endlich diesen roten Lutz auf der Heide besiegt, und zwar nur mit Hilfe des

Herrn von Hevekost, der kam mit seinen schwer bewaffneten Kriegsmannen gerade noch zur rechten Zeit, sonst wäre es Graf Waldemar wohl recht schlecht ergangen, und so konnten sie die Mannen des roten Lutz in die Flucht schlagen. Dieser wurde dann gefangen genommen und sie haben ihn auf die Burg Schragsteen verbannt, die liegt ja auf einer kleinen Insel, und sie haben ihm keinerlei Boot dort gelassen. Er muss also mitsamt seinen Bediensteten und Wächtern dort bleiben, solange es der Graf bestimmt. Und weil nun der Herr von Hevekost so ganz entscheidend am schnellen Sieg mitgeholfen hat, da hat der Graf Waldemar beschlossen, dass es eine große Siegesfeier geben soll und mitten in der Feier soll dann die Verlobung seines Mündels Helene mit dem Domherren von Hevekost verkündet werden, und nun kommt dieser Domherr hierher und möchte gern die holde Dame abholen und zu Graf Waldemars Burg Freierswald führen.«

Arne war wie vor den Kopf geschlagen:

»Das ist ja entsetzlich! Ich muss fort, ich will diesem Menschen unter solchen Umständen keinesfalls begegnen! Mir kommt es so vor, als wolle er jetzt und hier seine Kriegsbeute abholen.«

Gero lächelte schmal und schlug ihm auf die Schulter.

»Ich verstehe das nur zu gut. Und vermutlich habt ihr sogar Recht. Wenn ihr wollt, dann könnt ihr gern mit mir reiten. Ich muss noch dieses und jenes Waldstück durchforsten, wegen der geplanten Jagd für die große Siegesfeier, und ich werde zum Glück ziemlich weit weg sein von diesem Domherrn. Ich weiß, dass er mich nicht besonders schätzt, und mir geht es ebenso.«

»Da seid ihr nicht allein mit dieser Ansicht.«

Arne lachte grimmig:

»Also gut, ich möchte gern mit euch mitreiten.«

Arne ging noch rasch in die große Halle zurück, wo Mägde, Knechte und andere Dienstboten durcheinander liefen und auf Geheiß der Hofdamen und des Haushofmeisters sowie der hohen Dame persönlich allerlei an Vorbereitungen zu besorgen hatten. Er besorgte sich Stift und Pergament und schrieb in aller Hast:

»Werte Dame Helene, wartet auf mich, ich komme bald. Seid mir auch weiterhin so gut gewogen, ich sende Euch meine innigsten Grüße Arne van Dries.«

Dieses kleine Stück Pergament versiegelte er rasch mit seinem Ring und übergab es einem Bediensteten, der sollte es gleich der Dame des Hauses aushändigen. Dann ging er in den Burghof zum wartenden Jagdaufseher Gero.

Dort hatte Geros Gehilfe Hermann schon die Pferde gesattelt und Arne schnallte seinen kostbaren Ledermantel hinter sich fest. Oskar kam aus der Küche gelaufen mit einem offenbar sehr schweren Leinenbeutel und einem prall gefüllten Weinschlauch. Sie saßen auf und ritten durch das Burgtor. Vom Söller winkte die Dame Helene mit einem weißen Tuch, Arne winkte zurück und ärgerte sich, dass er nicht die nötige Zeit gefunden, sich gebührend und ausführlich von ihr zu verabschieden. Aber er dachte bei sich, dass bald eine Zeit kommen würde, in der er sich niemals wieder von der Dame Helene, der so geliebten Frau, verabschieden müsste.

Sie preschten erst auf der sandigen Landstraße entlang,

die von der Burg Luisenstein zur Stadt führte, dann bog Gero nach rechts ab und sie ritten durch lichten Wald, querten helle Wiesen, auf denen vereinzelt Rinder grasten, schlugen sich durch lichtes Gerank und gelangten schließlich an einen kleinen Fluss, den sie überquerten.

»Jetzt sind wir in Sicherheit vor diesem Domherrn,« grinste Gero. »Mag er auch noch so daherstolzieren mit all seinen Knechten und Bütteln, mir ist es hier in der Natur noch immer am liebsten.«

»Ihr scheint ihn eher nicht zu schätzen, diesen Herrn von Hevekost.«

»Ach Herr Ritter, Ihr wisst ja, die Pflichten sind nicht immer so süß. Und wir alle können uns die Menschen nicht aussuchen, mit denen wir so zusammenkommen im Laufe der Zeiten. Vor einigen Jahren schon auf einem der Feste des Grafen hatte sich dieser Domherr auf den Platz des Kurfürsten gesetzt und sich hartnäckig geweigert, diesen zu verlassen. Erst als die Liktoren gekommen sind, hat er widerwillig das Feld geräumt. Mir ist selten jemand mit einer solchen Selbstüberschätzung begegnet.«

Arne seufzte.

»Und solch einen will Graf Waldemar mit seinem Mündel vermählen.«

»Wie bitte?! Ich fasse es nicht. Eine solch edle Frau und ein derartiger Strolch! Das passt doch überhaupt nicht zusammen, oder was meint Ihr dazu?«

»Was ich meine, Meister Gero? Ich möchte diesem Domherren am liebsten meine Klinge zwischen die Rippen stecken! Das meine ich!«

Gero grinste, dann brach er in ein lautes Lachen aus: »Ihr gefallt mir! Ihr gefallt mir sehr, Ritter Arne. Ich denke, wir beide können gut miteinander reiten.«

»Aber sagt, Meister Gero, wie fühlt Ihr Euch denn auf Luisenstein?«

»Ich bin ja nur der Jagdaufseher des Grafen. Meine Befindlichkeit spielt in meinem Beruf keine Rolle. So denkt jedenfalls der Graf. Mein Auftrag gilt dem Wild für die große Siegesfeier über den roten Lutz besorgen; der Graf Waldemar hat großen Appetit auf Frischlingsbraten, und da hat er sich gedacht, er könne zwei Fliegen mit einer Klappe schlagen, nämlich wieder einmal eine große Jagd ausrichten und dann den Sieg feiern. Er denkt sich: Da treffe ich all meine Freunde und dann werden wir alle auf die Schweine gehen und sie jagen und dann gibt es ein großes Fest und ich werde als Sieger des Kampfes mit dem roten Lutz gefeiert. Er hat sich schon einen neuen Koch besorgt, aus dem Frankenland soll der sein, und der Fechtmeister hat alle Saufedern schärfen lassen.«

»Aber wenn ich das richtig sehe, dann werden nicht alle dieser feinen Herren sich auf die Jagd nach der Sau machen. Einige von denen werden lieber die Jagd auf eine der reizenden Kammerzofen oder Stubenmägde bevorzugen, so war es doch schon oft bei des Grafen Jagdgesellschaften, oder etwa nicht?«

»Ich sehe, Ihr kennt euch aus. Das wird sicher auch wieder hier der Fall sein.«

Sie folgten dem gewundenen Flusslauf in gemächlichem Schritttempo, bis dieser sich zu einem kleinen See erweiterte. Der neue Bart störte Arne jetzt doch, es juckte allüberall auf seinen Wangen; aber, wie es Oskar ihm erklärt hatte, das kam von den kleinen Härchen, die sich krümmten, und das sei nach ein paar Tagen vorüber, dann könne er den vollen Bart genau wie früher seine Haare einfach nur kämmen. Arne hielt sein Pferd an und schaute bewundernd über das nur leicht gekräuselte Wasser, dessen Oberfläche von tiefem Blau versetzt mit hellgrünen Streifen bis zu einem leichten Türkis wechselte, je nach Einfall der Sonnenstrahlen und abhängig auch von der Beschaffenheit des Seeuntergrundes. Sie ritten noch bis zum späten Nachmittag am Ufer entlang, dann kamen sie an eine grasbewachsene Stelle vor dem Waldrand, wo ein Ring aus Feldsteinen Kunde davon gab, dass schon seit längerem hier jemand Feuer gemacht hatte.

»Hier wollen wir unser Nachtlager aufschlagen. Die Tiere haben gutes Gras und wir sind hier absolut sicher. Ich kenne diese Stelle und habe hier schon oft gerastet.«

Gero sprang vom Pferd und die anderen folgten. Sie legten ihre Sättel und Beutel für die Nacht zurecht, und Oskar stieß Arne in die Seite und zeigte auf den See:

»Was meint Ihr, Herr Ritter, wollen wir nicht wieder einmal zu den Fischen gehen?«

Arne war sofort dafür und sie zogen sich aus. Der Jagdaufseher Gero hielt Arne an der Schulter fest und fragte:

»Ihr wollt wirklich dort hinein in das tiefe Wasser?«

»Aber ja! Nach all den Aufregungen und dem langen Ritt wird uns ein kleines Bad sicher gut tun. Und wenn ich es recht bedenke, ich habe mich lange nicht mehr ausgeschwommen. Komm, Oskar, wir wollen mal die Fische begrüßen!«

Und dann rannte Arne hinein in das kühle Nass und Oskar folgte ihm mit Spritzen und Planschen nach. Die beiden schwammen munter und kräftig bis tief in den See hinein, Gero stand am Ufer und kratzte sich den Kopf. Er bewunderte fast den Mut der beiden. Er selbst hatte nie schwimmen gelernt, das war bisher auch für die Ausübung seines Berufes nicht erforderlich gewesen, da genügte es, dass er gut im Lesen der Fährten war und mit sicherer Hand Bogen und Lanze gebrauchen konnte. Er stand lange am Seeufer und schaute zu, wie sich die beiden Männer dort offensichtlich vergnügten und sich gegenseitig die Köpfe hinunter in das Wasser drückten und mit dem Nass um sich spritzten und er konnte sie laut lachen hören. Dann kamen sie langsam wieder ans Land geschwommen und stiegen sichtlich erfrischt und erfreut ans Ufer. Dort trockneten sie sich mit ihren Hemden ab, die sie dann zum Trocknen an Büsche hängten.

»Das war ganz herrlich! Ihr hättet mitkommen sollen, Meister Gero, dann würdet Ihr auch nicht mehr so grimmig dreinblicken müssen.«

Gero lachte auf.

»Nun denn, Ritter Arne, dann sollte ich aber endlich das Schwimmen erlernen. Denn sonst müsstet Ihr mich aus den Tiefen des Wassers heraufholen, oder mich aus gierigen Mäulern menschenfressender Fische retten.«

»Aber Herr Gero. Die Fische, die auch Menschen fressen, die gibt es doch nur im großen salzigen Meere. Hier findet ihr vielleicht Welse oder Karpfen oder Felchen, und die Raubfische wie Hechte oder Barsche, die sind nur auf der Suche nach kleineren Artgenossen. Nein, in diesem See finden sich keine Menschenfresser.«

»Sagt das nicht.«

Meister Gero deutete auf seinen Gehilfen Hermann:

»Du weißt es besser. Erzähl den Herren doch deine Geschichte. Die von deinem Bruder Karl.«

Der Jagdgehilfe Hermann hatte im Felssteinring ein Feuer entfacht und setzte sich jetzt auf, stocherte in den Ästen herum und schaute dann die Männer an:

»Also, das war so. Damals waren mein Bruder Karl und ich fröhlich am Spielen. Mein Bruder war zwei Jahre älter, es war mitten im Sommer, ich glaube so Ende August schon. Jedenfalls wurde überall auf den Feldern die Ernte eingebracht und wir hatten Beeren gesammelt und Pilze und Mutter wollte noch bestimmte Kräuter haben, sie wollte eine besonders gute Suppe kochen, denn zum Sonntag war hoher Besuch angekündigt. Ich war damals an die zehn Jahr alt, und wir gingen hierher an den Waldsee, denn nur hier am Ufer wachsen ein paar der Kräuter, die Mutter für ihre Küche brauchte. Und da sahen wir dann gleich am Ufer, so an die sechs, sieben Schritte im Wasser, da blühten zwei Seerosen, die waren ganz aufgeblüht, und sie fingen die Sonne so schön ein und strahlten richtig, die wollten wir der Mutter mitbringen. Und mein Bruder Karl, der war ja schon größer, der watete durch den schlammigen Boden zu den Seerosen hin und wollte sie gerade abschneiden, da sprang ein riesiger Fisch mit ganz dunklem Kopf hoch aus dem Wasser und biss sich in seiner Schulter fest und zog ihn hinein, er zappelte und schrie und noch als er unter Wasser gezogen wurde, da hörte ich ihn schreien, und dann war da nur noch Stille und ein paar Blasen kamen aus der Tiefe und dann war alles wie zuvor. Mein Bruder Karl war einfach weg. Dieser große Fisch hatte ihn mit in die Tiefe gezogen. Und ich denke, er wird ihn auch aufgefressen haben. Ich habe solch einen Fisch nie wieder gesehen und die Fischer, die auf der andern Seite vom See ihre Angeln auswerfen, die haben auch noch nie von so einem Fisch gehört. Ich hab ihnen den Kopf mit all den blitzenden Zähnen und dem Dunkelbraun und an der Seite dieses silberne Glänzen ganz genau beschrieben, aber auch die ältesten von denen hatten noch nie einen derartigen Fisch gesehen oder je von einem solchen gehört.«

Alle Männer schauten nachdenklich ins Feuer.

»Nun, es könnte ein besonders großer Wels gewesen sein. Und wenn er den Bruder in die Tiefe gezogen hat, solche Tiere haben ziemlich viele Kräfte, und wenn der Bruder erst einmal tot war, dann vielleicht, aber erst dann, denn viele Fische sind auch Aasfresser.«

»Ich weiß, ich weiß.«

Meister Gero schaute seinen Gehilfen traurig an.

»Das hab ich auch schon zu Hermann gesagt. Also gibt es hier keine so richtigen Menschenfresser wie in den Meeren, aber immerhin kann es zumal bei Kindern durchaus geschehen, dass ein großer Fisch sich ein Kind greift und dann ist es weg. Ihr seht, Ritter Arne, es gibt also in der Tat durchaus gute Gründe, weshalb ich nicht gern in diesen See gehen möchte, es ist nicht nur das fehlende Talent zum Schwimmen.«

Oskar schauderte es.

»Da haben wir aber noch mal Glück gehabt, Herr Ritter!«

Die Geschichte von Hermanns Bruder ging ihnen allen noch lange nach, als sie nach dem kalten Abendessen sich in ihre Decken hüllten. Hermann ließ sein Frettchen aus der Satteltasche, dieses neugierige Tier rannte sofort zu Arne und Oskar und schnupperte an deren Beinkleidern.

»Sie muss doch wissen, wer Ihr seid. Damit sie Euch als Zugehörige zu unserem kleinen Trupp einordnen kann und des Nachts nichts Falsches vermeldet.«

Hermann grinste fröhlich, dann band er das emsige Tier an einer langen Lederleine an seinem Schlafplatz an.

»Das machen wir immer so. Das Frettchen schützt uns vor eventuellen bösen Überraschungen oder ungebetenen Gästen. Darin ist es sehr zuverlässig. Wir können also ganz sicher schlafen.«

So war es denn auch. Nach einer erholsamen Nacht ritten die vier Männer am nächsten Morgen weiter, folgten dem Seeufer. Gegen Mittag sahen sie auf dem Wasser ein paar Boote, die Fischer waren wieder tätig. Als die Sonne schon hinter den letzten hohen Baumwipfeln verschwand, kamen sie an das Ende des Gewässers. Gero verhielt sein Pferd und zeigte auf das sich weit durch das Land mäandernde Flussbett:

»Hier endet der See und der Fluss beginnt. Er führt mit einigen kleinen Umwegen dann zur Stadt. Wenn Ihr also wieder dorthin möchtet, dann braucht Ihr nur dem Wasser zu folgen. Ich denke, der Tag geht zur Neige, wir werden hier unser Nachtlager aufschlagen.«

Sie sattelten ab und legten ihre Decken für die Nacht zurecht, Hermann fütterte das Frettchen; sie erzählten sich noch ein paar Geschichten von Jagden und Merkwürdigem aus der Stadt, dann schlummerten sie. Nur Arne träumte unruhig von einem gewissen Domherrn und seiner Helene.

Am nächsten Tag verabschiedeten sich Arne und Oskar von Gero und seinem Gehilfen Hermann sehr herzlich, Oskar übergab zum Abschied noch den nun leider nur noch halbvollen Weinschlauch an Hermann und meinte, sie selber würden ja vermutlich weit eher wieder zu einem Weinhändler kommen, während die beiden Jäger durch Wald und Flur streifen mussten und daher könnten sie weit eher den edlen Tropfen gebrauchen. Alle lachten, Gero versprach dem Ritter Arne noch, dass er sofort die neuesten Nachrichten über das Geschehen auf Schloss Freierswalde hinsichtlich des edlen Fräuleins Helene senden wolle; dann wendeten Arne und Oskar ihre Pferde und ritten am Flussufer weiter. Unterwegs sprachen sie noch über die Begegnung, insbesondere aber über das Frettchen.

»Ich mag diesen Jagdaufseher. Da siehst du wieder einmal, wer mit der Natur im reinen ist, der ist auch mit sich selbst meist im Gleichgewicht. Der macht keine umständlichen feinen Worte, sondern redet unverblümt nur das, was Sinn macht. Da kann man sich fest drauf verlassen.«

»Ja, ich glaube auch, dass man in guten Händen ist, wenn man auf diesen Gero hört. Der wird einen niemals in die Irre führen.«

»Nun, er hat uns immerhin an das Ende des Sees geführt und uns den rechten Weg zur Stadt gezeigt.«

13

Sie ritten weiter in gemächlichem Schritt, denn es hetzte sie keiner, und so konnte Arne sich in seinen Gedanken immer mehr mit dem schönen Fräulein Helene beschäftigen. Wenn er allerdings seine Gedanken von der schöne Dame mit Vorstellungen vom Domherren verband, dann spürte er förmlich, wie in ihm so etwas wie Wut oder Hass aufkam.

Sie waren gerade einen kleinen Hügel hinauf geritten, da hielten sie erschrocken ihre Tiere an. Vor ihnen lag ein breites Tal, das war rot. Eine rote wogende wimmelnde Menge kleiner Tiere bedeckte das ganze Tal, vom Fuße des kleinen Hügels bis zu den fernen ansteigenden Felsen, es schien Arne so, als ob hier eine rotbraune Haut die Welt bedecke und sich winde und krümme, als ob die Haut zu eng geworden sei und wie beim Häuten einer Schlange alles in nicht enden wollender Bewegung stehe. Und das alles geschah in großer Stille, man konnte nicht ein Knirschen, nicht ein Schaben hören.

»Was mag das denn nur sein?«, fragte Oskar eher verwundert als ängstlich. Sie schauten genauer hin: Es waren Hunderte, Tausende, ja Millionen von roten und braunen Termiten, die alle auf nur ihnen vertrauten Wegen zu einem nur ihnen bekannten Ziel unterwegs zu sein schienen.

»Eine wahre Völkerwanderung der Tiere!«, meinte Arne. »So etwas habe ich noch nicht gesehen.«

»Und dort, schaut, diese Türme. Sie haben hier offenkundig ihr Revier markiert.«

Beide Männer schauten genauer hin und erblickten drei, vier hoch aufragende braunrot schimmernde Bauten, die kegelförmig aus der flachen Ebene hervorwuchsen. Das waren die Behausungen der kleinen Insekten, die alles Land bedeckten, was die Männer sehen konnten.

»Da, seht nur!«

Oskar zeigte aufgeregt auf eine Stelle weit rechts von ihnen, dort stand ein Fuchs, der augenscheinlich auf der Suche nach Beute war, er steckte sich und witterte und begann vorsichtig, sich in die wogenden Tierleiber zu bewegen, da klumpten sich wie auf ein Signal hin die Termiten zusammen und in Blitzesschnelle wogten und webten sie einen lebenden Ball um den Fuchs, der kläglich winselte, und weg war er. Buchstäblich, die beiden Reiter sahen nur vereinzelt ein paar weißliche Knochen von starken Termiten davongetragen in dem wimmelnden Tiermeer versinken, dann war alles vom Fuchs verschwunden.

»Und wie sollen wir da hindurchkommen?«, wollte Oskar wissen.

Arne zögerte.

»Wenn wir jetzt den Pferden die Sporen geben würden und mit aller Schnelligkeit, die uns zu Gebote steht, durch diese Termitenheere rasen, dann könnten wir es gerade so schaffen. Aber viel wahrscheinlicher ist es doch, dass diese kleinen Tiere allein durch ihre Vielzahl unsere Pferde bremsen und zerlegen und uns gleich mit.

Nein, wir müssen es leider lassen, da kommen wir nicht durch. Und ich möchte nicht kurz vor dem Ziel aufgefressen werden. Nein, wir werden als vernünftige Leute eben einen Umweg machen. Wir reiten dort über die Berge. Es wird eben länger dauern, aber es ist sicherer.«

»Jawohl. Sicherer. Mir ist gleich viel wohler.«

Oskar runzelte die Stirn.

»Aber was ist das für ein Ton? Hört ihr den auch, Herr Ritter?«

Arne lauschte in den Tag, auch Oskar hielt den Kopf ein wenig schräg, als ob er auf diese Weise besser hören könne. Ja, da war ein heller Ton, lieblich und doch eindringlich. Die beiden Männer schauten einander an und dann in die Runde. Vor sich das rote Gewimmel und Getümmel, hinter sich die grüne Auenlandschaft vom Flusstal, über ihnen wölbte sich der blaue Himmel mit kleinen weißen Schönwetterwolken. Arne zuckte mit den Achseln:

»Ich höre wohl etwas, aber was? Keine Ahnung.«

Da verfestigte sich auf einmal vor ihnen die Luft und auf einem der vielen glänzenden Sonnenstrahlen erblickten die Reiter die goldene Haselnuss, die Kalesche der Oberfee Mab. Aus der Kutsche lehnte sich die Oberfee Mab höchstselbst und lächelte den Männern zu:

»Ich weiß, dass ihr jetzt vielerlei Schwierigkeiten zu überwinden habt. Aber ich werde euch helfen. Ich werde euch einen Pfad durch diese Termitenwogen schlagen, und dann kommt ihr ohne Verzögerung an euren Bestimmungsort. Wartet nur ab und folgt in raschem Trab meiner Kutsche.«

Die Oberfee Mab legte eine silbern glänzende Quer-
flöte an ihre zarten Lippen und begann, eine so liebliche und zugleich gewaltige Melodie zu spielen, dass
sich zum Erstaunen der beiden Männer eine breite
Gasse in dem Gewirr der Termitenkörper auftat. Die
rotbraunen Tiere spritzten nur so zur Seite, wenn die
goldene Kutsche den blanken Wiesengrund freilegte.
Arne und Oskar zögerten nicht lange und preschten
hinter der fliegenden Kutsche her. Die Flötentöne der
Mab bahnten einen Weg zwischen den roten und dun-
kelbraunen Leibern der Termiten, die ihre Beißzangen
drohend auf und zuschnappen ließen, aber wie gebannt
den Reitern ihren Weg frei ließen. Die stampfenden
Hufe der Pferde stoben nur so über den jetzt freien
Untergrund, sie flogen dahin; Oskar konnte nur noch
ein Rot aus den Augenwinkeln wahrnehmen, er wagte
nicht, genauer hinzuschauen. So gelangten die beiden
immer der fliegenden Kalesche folgend ans Ende des
Tales und auf den kleinen Berg, wo sie auf der Kuppe
anhielten und zurückblickten. Auch Mab hatte ihr Gefährt anhalten lassen und ihr Musikinstrument wieder
irgendwo verstaut.

»Wir danken dir, Oberfee Mab. So etwas hätten wir
nie ohne deine Hilfe schaffen können!«

»Ich weiß. Ich weiß aber auch, Arne van Dries, dass
du und dein Knappe noch einen weiten Weg zurück-
legen müsst, ehe du ans Ziel deiner Wünsche gelangen
kannst. Aber aus verschiedenen Gründen, vor allem aber:
du achtest die Natur und all ihre Lebewesen, und daher
werde ich zur Burg Luisenstein zurückkehren und dort

auf die holde Dame Helene ein wenig aufpassen. So lebt nun wohl und folgt eurem Ziel.«

Mit diesen Worten stieg die güldene Kutsche auf einem Sonnenstrahl hoch in das Firmament und ward nicht mehr gesehen.

Arne und Oskar saßen ab und ließen die schweißgetränkten Pferde grasen. Sie schauten zurück in das Tal, wo die rotbraunen Körper der Millionen von Termiten wie ein wogendes Meer anmuteten und Oskar meinte:

»Wenn ich mir das vorstelle, wir sind soeben dadurch geritten, wenn auch im Galopp, dann kommt mir doch eine schwitzige Gänsehaut. Das war richtig gruselig, nicht wahr?!«

Arne nickte ernst.

»Ja. Das war bei weitem das Schlimmste, was wir bisher erlebt haben. Selbst bei solch einer Hexe wie Moraxa konnte man noch in etwa vorhersehen, was die wohl tun oder machen würde. Aber diese kleinen Tierchen. Allein ihre Anzahl ist einfach erdrückend. Und du hat ja ihre Beißerchen gesehen, und wenn dann Tausend oder mehr von denen an dir herumkauen, dann …«

»Hört auf, Herr Ritter! Mir wird ganz schlecht.«

Oskar wischte sich den Schweiß von der Stirn.

»Wir haben der Oberfee Mab wirklich zu danken. Der Umweg hätte uns sicher ein paar Tage Zeit gekostet, und nun so kurz vorm Ziel wollen wir uns den Rest des Weges nur noch fröhliche Gedanken machen, diese roten Teufel haben wir ja jetzt hinter uns.«

Sie saßen auf und ritten vergnügt weiter, gelegentlich sangen sie sogar ein paar der weinseligen Lieder, die sie aus den Schänken kannten. Als die Dämmerung herabsank, suchten sie einen geeigneten Lagerplatz und pflockten die Pferde an. Wein gab es nicht zum Abendbrot, den hatte der Jagdaufseher und freute sich hoffentlich dran.

Am nächsten Tag ritten sie weiter, und gen Mittag hielt Oskar sein Tier an und zeigte auf einen bewaldeten Hügel.

»Ist das nicht der Buchenberg? Mir scheint, wir sind jetzt ganz in der Nähe der Stadt angekommen.«

»Du hast recht. Das ist der Buchenberg. Dort haben wir damals den Luchs gefangen, den wir dem Grafen zur Weihnacht geschenkt haben.«

»Jawohl. Und ich war ziemlich zerkratzt von dieser Wildkatze, hihi.«

Auch Arne schmunzelte. Es war ja auch nicht so einfach, einen lebenden Luchs einzufangen. Das hatte einige schmerzhafte Blessuren gegeben. Sie ritten langsam hinein in das Buchenwäldchen und wollten schon auf der anderen Seite wieder hinaus, da hob Arne warnend die Hand:

»So hör doch!«

Sie hielten ihre Tiere ruhig und lauschten. Da hörte auch Oskar ein Knacken und Brechen und dann laute raue Stimmen. Sie stiegen ab und schlichen zum Waldesrand. Dort sahen sie in einer Senke in behaglichem Halbrund ein Feuer brennen, ein paar Bewaffnete zerbrachen dicke Äste und Zweige und schichteten sie beiseite auf als Reserve, andere schärften ihre Waffen und zwei standen abseits bei den Säcken und Beuteln und bereiteten offenkundig das Abendbrot vor. Alle aber trugen über ihren jagdledernen Wämsen die Umhänge mit einem Wappen: es war purpurn mit einem schwarzen Kreuz und einem goldenen Ring.

Arne und Oskar zogen sich tief in den Wald zurück.

»Das sind die Männer dieses Domherrn. Verflucht sollen sie sein.«

»Die warten sicher auf uns. Was sollen wir nun machen?«

»Warte mal. Wenn hier der Buchenberg ist, dann sind wir südlich der Stadt. Wir müssen also die Stadt umrunden, denn unser Ziel liegt im Norden. Ich habe eine Idee. Du, Oskar, ziehst dich ein wenig um und gehst als Bauer in die Stadt und hörst dich mal um, was man so in den Schänken redet über diese Knechte des Domherrn, und über uns, falls wir überhaupt als Gesprächsstoff dienen sollten.«

Gesagt getan.

Oskar legte sein Schwert ab und zog die Stiefel aus, band sich Lappen um die Füße und zog ein leicht zerfledertes Leinenhemd über, knüpfte sich noch ein Stück bunten Tuchs um den Kopf und ging zuerst leise auftretend, dann auf der Landstraße angekommen aber recht wacker ausschreitend auf die Stadt zu, deren Weichbild er schon bald sehen konnte.

Arne indessen legte den Pferden lange Zügel an, packte sein glitzerndes Kettenhemd zusammen mit dem Dolch in den alten Ledermantel und schlich sich nur im grauen Tuch wieder zu den Knechten des Domherren hin, um vielleicht noch etwas über deren Pläne zu erfahren. Auf dem Bauche schob er sich hinter einen Busch und spitzte seine Ohren. Leider aber hörte er nur für ihn Belangloses, ein paar Zoten über Raufereien und Dirnen, ein paar interne Streitigkeiten mit dem Burgvogt und viele, allzu viele Prahlereien über angeblich begangene Heldentaten, die aber meist so aussahen, dass die Knechte des Domherrn in Überzahl sich auf wenige Unbewaffnete geworfen und diese ausgeplündert und verletzt hatten. Als sich die Knechte zum Mahle um das Feuer scharten, kroch Arne wieder zurück. Er setzte sich nach Anbruch der Nacht mit dem Rücken an eine Buche und verzehrte etwas Brot mit ein paar Brocken Käse. Er wartete die ganze Nacht, döste vor sich hin und hatte doch die Überlegung, dass Oskar wohl erst gen Mittag wieder auftauchen würde. Denn er sollte ja in den Schänken Erkundigungen einholen, und das war doch erst später am Abend möglich, wenn die meisten dort schon etwas angetrunken waren. Und dann musste er auch noch den weiten Weg zurückgehen, und heute schien der Mond nicht so hell, also würde er sich irgendwo hinlegen und ausschlafen und erst gegen Morgen wieder auf die Landstraße gehen wollen. Und so war es auch, Arne hatte richtig überlegt, erst gegen Mittag erschien Oskar wieder unter den Waldbäumen und berichtete, dass es einen weiten Ring um die ganze Stadt gäbe:

»Überall lagern die Knechte des Domherrn und lauern auf uns. Dabei geht es um nichts Genaues, die haben nur die Order, uns einzufangen oder wenn nötig auch zu töten, wir sollen nur nicht in die Stadt kommen dürfen. Das ist der Befehl dieses Domherrn. Es gibt keinen richtigen Grund dafür, jedenfalls die Knechte wissen keinen, ihnen wurde nur gesagt, dass wir Feinde des feinen Herrn von Hevekost seien und ihn ermorden wollen, und dem sollen sie zuvorkommen. Das ist alles, was die wissen.«

»Also müssen wir noch leiser als bisher über Land ziehen und noch viel heimlicher zu unserem Ziel gelangen und dortselbst gehörig aufpassen, dass uns niemand beobachten kann.«

Sie führten die Pferde aus dem Wald und saßen erst weit draußen auf der Weide auf, umritten in einem noch größeren Umfang die Stadt und gelangten endlich im Norden an die Gerichtseiche, die drei Meilen außerhalb der Stadt auf einem kleinen Hügel stand.

»So, da wären wir endlich. Das ist der Kronbaum, auch die Gerichtseiche genannt. Hier wurden in früherer Zeit die Übeltäter verurteilt und an Ort und Stelle aufgehängt, wenn sie schuldig geworden waren dem König oder dem Grafen gegenüber.«

Oskar nahm die Pferde und band sie an ein kleines Gesträuch neben der Eiche an. Arne umschritt den großen weit ausladenden Baum und staunte über dessen Größe; der Stamm war so dick, dass ihn wohl fünf Männer umfassen konnten, und seine Äste reichten so hoch hinauf, dass sie fast in den unteren Wolken zu verschwinden schienen. Am meisten jedoch beeindruckte den Ritter der dicke Ast, der fast horizontal in doppelter Mannshöhe aus dem mächtigen Stamm herausgewachsen war und dessen Rinde an der Stelle, wo der Ast etwa den Umfang von Oskars Oberschenkel hatte, völlig von seiner Rinde entblößt war. Dort waren zu oft die Stricke für die armen Missetäter befestigt worden, an denen man sie dann aufgehängt hatte. Arne umrundete die Eiche mehrmals und legte seine Hand an die raue Rinde. Er versuchte sich möglichst genau an das zu erinnern, was vor all den Abenteuern bei Beginn ihrer Reise jener Mann zu ihm gesagt hatte.

»Der Alte vom Berge hat mir gesagt, der Schatz liegt unter den Wurzeln des Baumes, und zwar soll man acht Ellen gehen. Nach Osten. Ost ist dort, wo die Sonne aufgeht, oder?«

Oskar bestätigte das. Sie schauten zum Himmel, aber da zogen heute graublaue Wolken, es drohte wieder ein Regen oder gar ein Gewitter. Der Stand der Sonne war nicht genau zu erkennen.

»Ich denke mir, es wird diese Richtung sein«, meinte Oskar und zeigte mit dem Arm dorthin, wo er den Osten vermutete.

»Und wenn es nun genau die andere ist? Nein. Wir müssen bis zum Morgen warten. Dann sehen wir ja genau, wo die Sonne aufgeht. Denn andernfalls, wenn wir hier wie die Silberschürfer die Erde aufwühlen und uns ein Loch nach dem anderen graben, und dann kommt jemand vorüber, vielleicht ein neugieriger Kaufmann mit seinem Gespann oder gar ein Trupp Soldaten, womöglich die des Domherrn, dann können wir unseren schönen Plan vergessen. Nein, es wird das Beste sein, wir ziehen uns zurück, weit in die Ebene, und dann am Morgen kommen wir her und graben an der richtigen Stelle.«

So stiegen sie wieder auf und ritten durch das hohe

Gras und die niedrigen Büsche, bis Arne meinte, dass es nun weit genug sei. Sie schlugen dort ihr Lager auf. Sie suchten noch nach ein paar starken Ästen oder Zweigen, mit denen sie am nächsten Tag ein Loch in den Boden graben könnten und legten diese dann zu ihren Bündeln.

Vor dem Einschlafen betrachtete Arne zum wiederholten Male den edelsteinbesetzten Dolch und überlegte, wie ein solches Gerät wohl als Schlüssel dienen könne. Er fuhr über die mit Juwelen besetzte Scheide, zog auch den Dolch ganz heraus und besah sich die eingeritzte Inschrift, die er natürlich nicht lesen konnte. Fremdartige Schriftzeichen waren in die scharfe Klinge eingebrannt oder geschnitten worden, er vermutete, dass es sich um arabische Zeichen handelte. Auch Oskar dufte die Waffe in die Hand nehmen und sie kamen nach langem Überlegen darauf, dass die Krümmung der Scheide wohl das Entscheidende sein würde.

»Aber wir werden es ja morgen sehen.«

Sie legten sich zur Ruhe. In der Nacht träumte Arne von der Dame Helene und fuhr mit dieser im Traum in der Kutsche der Oberfee zum Mond und herzte und küsste sie und dann rief ihn Oskar:

»Wacht auf, Herr Ritter! Das Morgengrauen kommt schon über den Horizont gekrochen.«

Sie erhoben sich rasch und sattelten auf, dann ritten sie wieder zu der Gerichtseiche hin. Dort warteten sie ungeduldig, bis die ersten Strahlen der aufgehenden Sonne über den Waldrand auf die Krone des gewaltigen Baumes trafen, dann legten sie die Richtung fest.

»So, da liegt der Osten.«

Und Arne schritt dann die acht Ellen ab, die der Alte vom Berge ihm genannt hatte. Er markiere die Stelle mit seinem Absatz. Oskar kam und brachte die festen Äste und die kleine Eisenschaufel mit, die sie zum Ausheben der Erde vorgesehen hatten.

»Hier sieht es genau so aus wie dort. Man kann nicht erkennen, dass dieses ein besonderer Ort sein soll.«

»Das ist es ja gerade, Oskar. Kein Mensch sollte es wissen oder auch nur erahnen, dass hier ein Schatz vergraben sein könnte. Also los. Fangen wir an zu graben!«

Und die beiden Männer schaufelten den Boden auf, warfen das lose Erdreich mit den Händen beiseite und kamen nach kurzer Zeit schon ins Schwitzen; sie zogen ihre Wämse aus und gruben nur im Hemd weiter.

»Moment mal, ich hab was!«

Oskar stieß mit seiner Grabschaufel wieder und wieder in den Boden. Es klang eher dumpf.

»Hört Ihr nicht, Herr Ritter? Ich bin auf etwas gestoßen.«

Sie gruben vom Geräusch angetrieben immer schneller und tiefer, dann konnten sie endlich eine Kante aus Metall erkennen. Nun ging es mit bloßen Händen weiter, bis sie die Oberfläche einer ziemlich großen Kassette freigelegt hatten. Aber die Wurzeln der Gerichtseiche waren um den Eisenkasten so herumgewachsen, dass sie ihn nicht freibekamen, so sehr sie sich auch bemühten. Oskar versuchte sogar, mit seinem Messer die Wurzeln zu durchtrennen, aber sie waren viel zu hart. Sie klopften sich die Hände frei von Erde und Dreck und wischten den Deckel der eisernen Lade frei. Die Kassette war mit vier Eisenklammern umspannt und an den Enden mit kupfernen Nieten verstärkt. In der Deckelmitte fanden sie eine Klappe, die leicht angerostet war. Arne klopfte diese mit Oskars Messer und einem Feldstein ab und da sahen sie einen feinen Schlitz.

»Jetzt haben wir es. Dieser Schlitz ist genau so groß wie die Klinge von dem Dolch. Probiert es einmal, Herr Ritter!«

Und Arne nahm den Edelsteindolch aus seiner Scheide und versuchte, ihn in diesen Schlitz zu stecken. Aber es ging nicht, es schien so, als ob ein unsichtbarer Widerstand den Schlitz verschließen würde. Arne rammte den Dolch immer wieder dagegen, aber es war zwecklos. Er richtete sich auf und dehnte seinen Rücken. Da fiel ihm wieder ein, was der Alte vom Berge ihm gesagt hatte. Der hatte von einem Bannspruch gesprochen. Und den hatte Arne vergessen zu sagen. Wie war der noch gewesen? Arne überlegte, aber das Wort fiel ihm nicht ein. Er fragte Oskar, der nun seinerseits den Kopf anstrengte.

»Wartet, Herr Ritter, ich glaube, das war doch so eine Göttin, nicht wahr? Das war ein Wort auf griechisch, mit dem konntet Ihr zunächst nichts anfangen. Ja, eine griechische Göttin!«

Und Arne fiel es wieder ein:

»Das war die Göttin des Tanzes, Eutherpe! Ja, Oskar, du hast recht. Ich will es damit versuchen.«

Und er steckte den funkelnden Edelsteindolch unter ständigem Murmeln der griechischen Göttin in den schmalen Deckelritz. Er passte genau hinein. Dann ruckelte Arne, es tat sich nichts. Er versuchte, den Dolch zu bewegen und siehe da, auf einmal konnte er den Griff wie einen Schlüssel ganz herumdrehen, und als er den Kreis damit vollendet hatte, knirschte es laut und trotz all der Wurzeln sprang plötzlich der Deckel der Kassette auf und ein helles Glitzern lag in der Luft, es gleißte und schimmerte und funkelte, dass die beiden Schatzgräber ihre Augen geblendet verschließen mussten. Sie öffneten sie dann vorsichtig und erblickten endlich den ersehnten Schatz des Keltenfürsten. Da lagen in der Truhe schwere Goldketten, prächtige Perlengehänge, lose Haufen von Silbermünzen, Geschmeide aus Jade und Rubinen, Diamanten und Smaragde, Ringe, Ketten, Diademe und Lederbeutel voller Goldmünzen aus fremden Ländern. Arne und Oskar schauten und staunten. Keiner wagte sich zu rühren.

Dann fiel ein kleines Ästchen mitten in das Gefunkel und zerbrach den Zauber des Augenblicks. Nun griffen sie mit beiden Händen hinein in die Kassette und holten volle Hände mit Schätzen heraus, warfen sie in die Luft und jubelten laut. Nach einer Weile aber erhob sich Arne und schaute sich um. Nein, sie waren noch immer allein.

»Nun aber rasch, Oskar, wir werden alles gut einsacken.«

Und die beiden schaufelten mit ihren Händen den Schatz erst an die Erdoberfläche, dann in Säcke und ihre Satteltaschen. Aber da blieben noch immer ein paar Gehänge über, die nirgendwo hineinpassen wollten. Sie stopften sich manche juwelenbesetzten Schmuckstücke unter ihre Hemden und in die Hosentaschen. Schwer beladen trugen sie alles zu den Pferden. Dann schaufelten sie das Loch mit der nun leeren Kassette wieder zu und nahmen ihre Tiere am Zügel, denn die hatten ja schon sehr viel zu tragen, und schritten fort von der Gerichtseiche; Arne wollte gern wieder zu dem nächtlichen Lagerplatz, dort dünkte es ihm sicher zu sein.

Es war nur gut, dass sie nicht aufgesessen hatten, denn im Westen, wo die breite Landstraße durch die Ebene führte, funkelte es auf: das kam von den Eisenhüten und Spitzen der Piken einer Horde Soldaten. Diese hätten sie mit Sicherheit ausgemacht, wenn sie auch im Sattel gewesen wären. So gelang es ihnen, die Tiere und sich selbst schnell hinter ein paar Erlen zu verstecken und dort abzuwarten, natürlich auch den Pferden die Nüstern zuzuhalten, damit kein Laut nach draußen dringen konnte, bis der Trupp Bewaffneter wieder davon geritten und hinter den nächsten Hügeln verschwunden war.

Am Rastplatz verteilten sie den Schatz noch etwas besser, nahmen auch die Futtersäcke der Tiere als Behälter für die Münzen und Kleinodien und hatten alles in allem eine gute Nacht.

14

Am Morgen überlegten sie, wohin nun und wie weiter, und da kam Arne die Idee, dass Oskar drei der Silbermünzen in seine Beinkleider einnähen und wieder als armer Bauer in die Stadt schlurfen sollte, um dort einen Karren oder etwas Ähnliches zu besorgen, ein Fuhrwerk, mit dem sie dann den Schatz nach Hause transportierten konnten.

Oskar nähte also drei der Münzen in die Hosenbeine ein, denn dort würden Soldaten nicht suchen, die klopften Oberkörper und Hüftgegend ab, um eventuelle Waffen oder eine pralle Börse zu finden. Während Oskar in die Stadt ginge, würde Arne mit den Tieren weiter zu einer kleinen Nebenstraße ziehen und dort einen Unterstand suchen, eine der Hütten, die zum Lagern von Viehfutter genutzt wurden. Dort würde er dann auf Oskar warten. Oskar zog wieder mit lappenumwickelten Füßen und wamslos auf die staubige Straße, Arne nahm die Pferde und führte sie nach Westen durch die Wiesen. Er kam nach zwei Stunden dann an eine kleine Straße, eher eine Art Fußweg, er konnte keine Spuren von Wagenrädern oder Pferden erkennen, also würde dieser Pfad wohl nur von einheimischen Bauersleuten benutzt werden.

Er folgte dem Pfad bis zu einem Bächlein, das von Weiden und Erlen gesäumt war; dort sah er eine windschiefe Hütte, oder das, was der Zahn der Zeit noch übrig gelassen hatte. Es war ihm klar, dass seit Monaten, wenn nicht Jahren hier niemand mehr gewesen war; das Dach hing in einer argen Schräglage und nur zwei der Wände waren noch erhalten, die Balken, die den Rest aufrecht hielten, sahen auch schon wie zerfressen aus. Aber es war ein Unterschlupf und zwar einer, den eine Rotte Soldaten von weitem nicht weiter beachten würde.

Also für Arne gerade recht. Er führte die Tiere auf die Weide davor und ließ sie an der langen Leine, dann nahm er die Säcke und Packen und Beutel und trug sie unter das Dach. Als er die schweren Beutel mit den Goldmünzen ganz an die Wand schieben wollte, brach der Boden unter ihm ein und er stürzte zusammen mit zwei Geldsäcken in eine Grube. Tausendfüßler und Asseln flohen vor ihm und dem Tageslicht, das Arne eine stubengroße Höhle zeigte, in deren Wände er noch die Wurzeln von Pflanzen erkennen konnte. Mühsam stand er auf, seine rechte Schulter schmerzte und auch im Bein zog es bis hinunter zum Fuß, Arne stützte sich an der Wand, damit er aufrecht stehen konnte, und streckte seine Arme nach oben. Aber er konnte den Rand nicht erreichen, die Wand war zu hoch. Nun stand er da, unten in einem Erdloch, mit zwei Säcken voller Goldmünzen, über ihm ein baufälliger Stall mit den anderen Schätzen des Keltenfürsten, auf der Weide davor grasten die Pferde.

Wenn nun ein Trupp Bewaffneter vorüberkam, oder gar eine Gruppe dieses Domherrn hier Rast machen sollte … Gar manche unerfreulichen Gedanken gingen Arne durch den Kopf. Er setzte sich auf einen der Säcke und grübelte. Auf Oskars Hilfe konnte er nicht warten, der würde wohl erst in drei oder vier Tagen erscheinen, wenn überhaupt. Eine Schaufel zum Graben hatte er auch nicht, die kleine Grabeschaufel lag gesäubert bei den Satteltaschen. Also konnte er sich keine Art Treppe aus diesem Erdloch hinaus selber graben; auch der Edelsteindolch, der jetzt gute Dienste hätte leisten können, lag oben bei den Schätzen im Ledermantel. Sein Magen meldete sich, richtig, der Beutel mit dem Proviant lag auch oben bei allen anderen Säcken und Packen. Plötzlich verspürte er einen unbändigen Durst. Er schluckte trocken, das waren sicher nur die aufkommenden Ängste, er könne hier inmitten aller Schätze unten in diesem Erdloch sterben müssen, und wenn Oskar ihn dann nach Tagen zufällig fände, dann würde er sicher an den König Midas denken müssen, der auch inmitten all seiner Reichtümer verstorben sei.

Arne hielt mitten in seinen Grübeleien inne, denn er vernahm ein Knacken, ein Ächzen von Holz, ein Knirschen und Quietschen, dann stürzte der ganze Schuppen über ihm zusammen. Eine Wolke von Staub legt sich in die Grube und ließ ihn seine Kehle noch trockener spüren, und es roch nach Moder und Laub. Er schloss die Augen und bemühte sich, seinen Atem wieder zu normalisieren. Als er die Augen wieder öffnete, sah er zunächst nichts, dann ein wenig Licht, ein paar Streifen hoch droben zwischen zerborstenen Balken. Endlich hörte er Hufschlag. Sollte das schon der Oskar sein? Doch das war nicht gut möglich. Und richtig, er hörte Stimmen, ein tiefer Bass und dann noch ein paar andere und dann ein trockenes Lachen, dann wieder Hufschlag, der sich entfernte. Dann war Stille.

Arne schluckte trocken. Jetzt war es wirklich unangenehm. Er war hier in einem Erdloch eingeschlossen, der alte Schuppen war wie ein Deckel darauf gestürzt. Falls Oskar jemals hier vorüber kommen sollte, dann würde er wohl niemals auf den Gedanken kommen, dass Arne hier unter all dem Gerümpel sitzen könnte.

Die Zeit verstrich nur ganz langsam und Arnes Gedanken wurden immer trübsinniger, zumal er an das edle Fräulein Helene denken musste: er würde sie wohl nicht wiedersehen und sie müsste dann diesen Domherrn auf Geheiß ihres Vormunds zum Ehemann nehmen. Trübsinnig stützte Arne seinen Kopf in seine Hände und hätte fast mit dem ganz großen Selbstmitleid begonnen, als er wieder etwas hörte. Diesmal vernahm er ein Rascheln, ein Ziehen, ein Schaben und Kratzen, und als er nach oben schaute, da sah er, wie sich die morschen Balken und Bretter, die seine Erdhöhle bedeckten, ganz langsam zur Seite bewegten.

Da bemühte sich jemand, ihm zu helfen, oder einer der Bauern brauchte dringlich Brennholz oder oder. Arne stand langsam auf und schaute nach oben, wo sich der Lichtspalt mehr und mehr vergrößerte. Und als etwa ein Drittel vom Balken- und Brettergewirr beiseite geschafft war, da ließ sich ein Tau vom Schuppenboden herab in die Erdhöhle. Das heißt, es war kein richtiges Tau, es waren starke verflochtene Wurzeln einer Weide, die sich nun bis auf den Höhlenboden schlängelten.

Arne wartetet nicht lange, er griff beherzt in das Wurzelgeflecht und zog sich ungeachtet der Schmerzen in Arm und Bein daran empor, kletterte etwas mühselig über den Rand und ließ sich schwer atmend auf den staubigen Boden inmitten der zerbröselnden Bretter fallen. Dort blieb er kurz liegen, dann stand er auf und sah sich um. Da musste doch jemand sein, der ihm geholfen hatte. Er sah aber keinen Menschen. Er ging den zusammengedrehten Weidenästen nach bis zum Bach, dort schaute er ungläubig auf die zwei größeren Weiden, deren Äste sich wie von selbst zusammengerollt und dann den weiten Weg bis in die Erdhöhle wie von selbst gefunden hatten. Arne schaute und schaute, dann hörte er ein helles lautes Lachen.

Aus dem Bach erhob sich eine kleine blaue Nymphe:

»Ihr seid aber auch zu komisch. Wenn Ihr jetzt nur Euer Gesicht sehen könntet. Ach, Herr Ritter, meine Cousine hatte ganz recht, Ihr seid es wert, jeder Zoll an Euch, dass man sich um Euch kümmert.«

Arne stotterte: »Wer seid Ihr denn?«

Und die Flussnymphe erzählte ihm, dass sie eine Cousine der Nymphe sei, die vor einigen Wochen des Nachts Arne am Bach geküsst habe, dass die Nymphen alle höchst neugierig den Weg von Arne verfolgten und mit großer Freude den Kampf und das Verschwinden der Hexe Moraxa beobachtet hatten. Denn die Moraxa sei eine der allergrößten Feinde aller Nymphen gewesen und hatte ihnen das Dasein schwer gemacht. Und nun seien alle Nymphen und Wasserwesen aufgerufen, dem Arne zu Hilfe zu eilen, falls es erforderlich sein würde. Und als gestern dann eine Horde von schwer bewaffneten Reitern sich dem alten Schuppen genähert habe, da wusste sich die kleine Nymphe keinen anderen Rat, als mit Hilfe ihres Freundes, des starken Nordwindes, den ganzen Schuppen einfach umzuwerfen und so das Erdloch und alle Schätze vor den neugierigen Blicken der Krieger zu verstecken und auf diese Weise Arne zu retten.

Arne bleiben die Dankesworte fast in der Kehle stecken. Er setzte sich an den Rand des Baches und hob hilflos seine Hände:

»Was seid Ihr doch für ein edles Wesen!«, rief er endlich. »Ich bin Euch unendlich dankbar. Kann ich Euch auch auf irgendeine Art und Weise behilflich sein?«

Die kleine blaue Nymphe lachte wieder auf und tänzelte, so dass der kleine Bach richtige Wellen schlug.

»Ihr solltet in Eurem Hausbach, wenn Ihr wieder daheim seid, ein bisschen mehr auf die Forellen achten und dafür sorgen, dass nicht zu viele davon herausgefischt werden. Das könntet Ihr für uns machen, Herr Arne van Dries.«

»Ihr kennt sogar meinen Namen?«

»Aber gewiss doch. Alle Nymphen, Nereiden und Wassermänner und überhaupt alle Wesen des Wassers wissen, wer Ihr seid. Daran ist Eure Mutter schuld, sie hatte einen guten und tiefen Kontakt zu unserer Welt und war sogar bei den Feierlichkeiten der Wassermänner und Poseiden, Sylphen und Nymphen eingeladen, bei der großen Ratsversammlung aller Flüsse und Bäche.«

Arne staunte. Das hatte er von seiner Mutter noch nie gehört. Er wusste schon, dass sie sehr naturlieb gewesen war und sich neben den Belangen von Haushalt und Keller in der Burg auch sehr um die Gartenanlagen und

Begrünung der Bäche und Flüsse gekümmert hatte, aber dass sie sogar solch einen guten Zugang zu den Wasserwesen gehabt hatte, war völlig neu für ihn. Zu seinem Leidwesen war sie ganz plötzlich verstorben, als er zwölf Jahre alt gewesen war.

Ach Mutter! Er betrachtete die Weiden und ihm fiel wieder das Spiel ein, dass er so geliebt hatte: seine Mutter hatte die langen Weidenäste, die so nur dick wie sein Zeigefinger gewesen waren, so zusammengeflochten, dass ein Sitz entstanden war und dann hatte sie ihn darauf geschaukelt, immer höher und weiter, Arne hatte das sehr genossen, dieses Durch-die-Luft- fliegen; die sanften, aber kräftigen Hände der Mutter in seinem Rücken zu spüren; wie laut hatte er gejuchzt, seine Mutter hatte gelacht und dann ein lautes Lied gesungen von Vögeln und Bienen und Bäumen. Damals war er noch ganz unbeschwert einfach nur glücklich gewesen.

Arne half dann noch der Wassernymphe, die langen dünnen aber starken Äste der beiden Weiden, an denen er sich hatte befreien können, vom zerfallenen Gebäude wieder zurück zum Bach zu ziehen und diese dann am Ufer entlang auszubreiten. Die kleine blaue Nymphe lächelte ihn an und sagte:

»Ihr werdet es sehen, wenn Ihr in zwei oder drei Jahren wieder hierher kommen werdet, dann stehen hier eine ganze Reihe von starken Weiden und schützen die Böschung und den Bach.«

Arne setzte sich an den Rand des Wassers. Er schöpfte etwas mit seiner Hand und trank, aber da war noch dieses Hungergefühl, und die Schulter schmerzte wieder mehr; er ging zurück zu den Resten des eingestürzten Unterstandes und suchte nach dem Proviantbeutel, als er ihn gefunden hatte, setzte er sich wieder an den Bachrand und aß bedächtig. Die blaue Nymphe war verschwunden. Vielleicht war sie ja schon wieder hinunter zum großen Fluss geschwommen oder feierte beim Wassermann ein Wiedersehen. Wiedersehen, wenn er an die edle Dame Helene dachte, wurde ihm doch ganz anders. Da war zum einen die Wut, dass er nicht geblieben war und diesem Domherrn direkt zum Zweikampf gefordert hatte, um die Ehre und vor allem um die Hand des edlen Fräuleins. Aber der Domherr hatte das nicht zu entscheiden, das war allein Sache des Vormundes, des Grafen Waldemar. Das war der wahre Grund, weshalb Arne so schnell von Luisenstein weggeritten war und jede Begegnung mit diesem Domherren Hevekost vermieden hatte, er brauchte zuvörderst die Genehmigung vom Grafen Waldemar, um Helene zu heiraten. Und zu diesem Behufe musste er zunächst nach Hause und dort den Schatz sorgsam verstauen und so aufteilen, dass er dem Grafen mit einem Haufen Gold von seinen Heiratsabsichten wirklich überzeugen konnte. Denn was auch immer man vom Grafen Waldemar sich so erzählte, wenn es um Geld oder gar Gold ging, dann wusste er seinen Vorteil zu wahren. Also hatte Arne gute Aussichten, wenn er es nur geschickt anstellte. Aber zunächst musste er den Schatz sicher nach Hause bringen. Na, sein Vater würde ja Augen machen! Oder war es besser, zunächst niemandem etwas davon zu erzählen? Das war gewiss sicherer. Nur Oskar, der sollte auch seinen gehörigen Anteil bekommen. Aber der würde auch darauf warten können.

Und nun wartete Arne auf Oskar. Der Tag ging und die Nacht kam und dann wieder ein neuer Tag. Arne spazierte müßig herum, warf Steinchen in den Bach und schaute den Wolken nach. Kein Reiter kam des Weges, die blaue Nymphe war auch verschwunden. Ihm blieb viel Zeit, um nachzudenken, wo zum Beispiel er den Schatz verstecken könne und vor allem, wie er sich ein Leben zu zweit mit der schönen Dame Helene vorstellen würde; wo sollten sie wohnen, würde sie ihn bekochen, konnte sie überhaupt kochen? Würde sie mit ihm gemeinsame Ausritte machen wollen oder hatte sie mehr Vergnügen daran, in der Halle am warmen Feuer zu sitzen und den Stickrahmen vor sich haltend die Geschehnisse der Familien in schönen Bildern festzuhalten?

Es verging noch ein Tag.

Am Mittag des nächsten saß Arne oben am Rande des staubigen Feldweges, als er Pferdegetrappel hörte. Er versteckte sich rasch in einem Gestrüpp. Da kam ein Reiter mit drei Pferden gemächlich herbei, als er dann näher gekommen war, erkannte Arne seinen Knappen Oskar und sprang auf, winkte mit beiden Armen und tanzte vor Freude, als er den alten Gefährten wiedersah. Oskar griente über das ganze Gesicht und verhielt die Pferde.

»Ich sagte doch, Herr Ritter, dass ich mich beeilen würde. Aber es war nicht so einfach. Diese Soldaten des ach so edlen Herren von Hevekost sind allüberall, ich hatte große Mühe, in die Stadt zu kommen. Aber nun habe ich in einer der Schänken einen Landmann getroffen, der zum Viehhändler wollte, und der gute Mann hatte diese Tiere zum Verkauf. Da hab ich nicht lange überlegt und zugegriffen. Wir sind dann rasch handelseinig geworden und schon bin ich hier. Aber was sehe ich, Ihr haust hier inmitten solcher Trümmer?«

Oskar umschrieb mit einer Armbewegung die kärglichen Überreste des Unterstandes, und während sie zu Arnes Lagerplatz gingen, erzählte Arne von der blauen Nymphe und der Rettung vor den Bewaffneten. Dann machten sich die beiden Männer daran, die Kleinodien und Goldsäcke gut auf die Satteltaschen und Beutel zu verteilen, so dass die Lastpferde gleichmäßig belastet waren, dann ein letzter Blick auf das Bächlein, den zusammengebrochenen Unterstand und dann ging es gen Westen, nach Hause.

15

Sie machten einen gehörigen Umweg, um jedwedes Zusammentreffen mit den Männern des Domherrn zu vermeiden und kamen am nächsten Tag in vertrautes Gelände. Bald sahen sie schon den Hügel mit der Burg derer van Dries vor sich liegen, ein letzter Druck mit den Fersen in die Weichen der Tiere und dann trabten sie über die Zugbrücke in den Burghof. Sie waren wieder daheim.

Tante Marie traf fast der Schlag, als sie die beiden großen Männer so plötzlich im Eingangsbogen der großen Halle erblickte; ein kleiner Aufschrei, so recht damenhaft, dann breitete sie die Arme aus und schritt auf Arne zu:

»Mein lieber Junge, bist du es wirklich? Mit dem langen Bart hätte ich dich beinahe nicht erkannt. Wo seid ihr denn nur gewesen? Wir haben uns so um euch gesorgt.«

Und die Charlotte, das neue Küchenmädchen, das vor einigen Wochen von ihren Eltern als Ersatz für die fehlende Pacht in der Burgküche arbeiten musste, ließ vor Schreck oder Aufregung alle Töpfe fallen, so dass es ein ordentliches Klirren und Dröhnen gab. Dieses hinwiederum rief Arnes Vater herbei, der sehen wollte, wer da in seinem Hause so herumlärmte. Das gab eine herzliche Begrüßung, Arne umarmte den Vater und dem liefen tatsächlich ein paar Freudentränen über die Wangen, er umarmte auch den treuen Knappen Oskar und dann sollten sie sich in aller Ruhe niedersetzen und berichten, was und wo und vor allem warum. Aber Arne meinte, dass sie erst die Pferde versorgen müssten und dann habe er noch ein kleines Problem zu lösen und dann, wenn es gen Mittag ginge, dann wären sie bereit, alle Fragen zu klären und in Ruhe mit allen zu speisen.

Tante Marie ging mit eilendem Schritt sofort in die Küche, um dort das mittägliche Menü zu besprechen und umzuändern, schließlich sollten die Ankömmlinge auch entsprechend beköstigt werden. Der Vater ging in seine Räumlichkeit und zog zur Feier der Ankunft seines geliebten Sohnes das neue golddurchwirkte Feiertagswams an.

Arne und Oskar hingegen nahmen den treuen Tieren die schweren Satteltaschen ab und trugen sie in das sogenannte Gärtnerhaus. Das war ein kleines Gebäude am Rande des ehemals gepflegten Gartens, in dem vormals die Gärtner mit ihren Familien gewohnt hatten und wo jetzt nur noch Gartengeräte und Pflanzensamen sowie in einem Verschlag der Rübenvorrat gelagert wurde. Dorthin, in die hinterste kleine Kammer, in der noch die doppelstöckigen Betten der Gärtnerskinder standen, trugen sie den Schatz des Keltenfürsten und versteckten ihn unter alten Säcken und angeschimmelten Mänteln. Nur den edelsteinbesetzten Dolch nahm Arne mit sich und gab dem treuen Oskar einen handlichen Beutel voller Silbermünzen.

»Für alle Fälle. Falls du in den nächsten Tagen etwas sehen solltest, was du unbedingt benötigst, dann kannst du dir das ja davon kaufen. Wir werden erst in ein paar

Wochen daran gehen und den gesamten Schatz in aller Ruhe auspacken und begutachten und dann wirst du deinen guten Anteil daran bekommen.«

»Aber Herr Ritter, ich habe doch schon alles, was ich brauche. Und alle diese Abenteuer, wenn ich den Kumpels in der Schänke davon erst erzählen darf …«

Sie hatten sich versprochen, dass sie dem Vater zwar einen Teil ihrer Erlebnisse berichten wollten, aber alles, was den Schatz betraf, das sollte zunächst noch verschwiegen werden.

Als die Sonne dann im Zenith stand, da setzten sich alle an die große Tafel im Saal und bei einem guten Mahle berichteten Arne und Oskar von der Insel der Mönche und dem krummen Karl, von der großen Feier auf dem Grafenschloss und dem Lied des berühmten Sängers, das so schmählich unterbrochen wurde durch den Bericht vom Übergriff des roten Lutz, der dann zu dem Aufbruch der Ritter und Kämpen geführt hatte, sie erzählten von der Moorhexe Moraxa und der Oberfee Mab, von dem wackeren Jagdaufseher Gero und der edlen Dame Helene.

Gespannt lauschten alle am oberen Ende der Tafel, besonders die Tante Marie, die vor allem an der Kleidung von Helene interessiert war und den Besonderheiten der Mahlzeiten im Grafenschloss; am unteren Ende des langen Tisches saß Oskar bräsig inmitten anderer hoch angesehener Bediensteter und sonnte sich im Glanze des erfahrenen Abenteurers und aus den Augenwinkeln bemerkte er wohl, dass die neue Dienstmagd Charlotte immer wieder schmachtende Blicken zu ihm hinüberwarf.

Er würde später am Abend doch noch versuchen, sich angelegentlich und intensiv mit dieser neuen Möglichkeit zu beschäftigen. Falls ihm nicht wieder das Dünnbier, was alle hier unten am Tisch tranken, all seine Erwartungen zunichte machte. Am oberen Ende der Tafel hatte Arnes Vater dem Haushofmeister gestattet, aus dem Weinkeller einen sehr süffigen Roten hervorzuholen, und hier tranken alle mit Maßen, gesittet und zumindest Tante Marie äußerst geziert, den kleinen Finger stets abgespreizt.

Die Sonne hatte ihre letzten rotgefärbten Strahlen schon längst hinter dem Horizont versenkt, als die Tafel endlich aufgehoben wurde. Bis auf die wenigen der Diener, die jetzt abräumen mussten und das Geschirr in die hinteren Küchenräume zu bringen hatten, denn dort wurde es von den Küchenlehrlingen und Jungmägden gewaschen und getrocknet für den nächsten Tag, gingen alle anderen jetzt in ihre wohlverdienten Lagerstätten, die meisten also auf die Strohsäcke in die Schlafkammern, wo zumindest in den unteren Rängen der Bediensteten mehrere in einer Kammer schliefen; die höheren Dienstgrade einschließlich Tante Marie und Arnes Vater lagen in stoffbezogenen Betten, alle aber ruhten nach einer solchen Tafel gern lange und gründlich aus.

In den nächsten Tagen erzählte Arne ausführlich seinem Vater von dem Schatz, zeigte ihm den edelsteinbesetzten Dolch und führte ihn auch einmal in das kleine Gärtnerhaus. Das hatte zur Folge, dass am nächsten Tage Oskar heimlich mit einem neuen starken Schloss die Türe sicherte. Der Vater war sehr stolz auf Arne und als er erfuhr, dass Arne vorhatte, zum Grafenschloss zu gehen und um die Hand der schönen Helene anzuhalten, da war seiner Freude kein Ende.

»Aber alle Welt weiß doch, dass die edle Dame dem Domherren Hagen von Hevekost versprochen ist. Das hatten doch schon deren Eltern so abgesprochen.«

»Ach Vater, dieser lästige Domherr, der liegt mir schon lange im Magen. Notfalls werde ich ihn fordern.«

»Ein Zweikampf! Ach, lieber Sohn, man sagt, dieser Domherr ist ein Meister der Klinge.«

»Mag ja sein, Vater, aber ich weiß, dass mir die Liebe von Helene sicher ist. Ihre Küsse haben es mir erzählt, mehr als einmal. Und wenn ich dann dem habgierigen Grafen noch einen Teil des Schatzes übergebe, dann wird er wohl nicht anders können, als mir sein Mündel zur Frau zu geben.«

»Da täusch dich mal nicht! Du hast recht, wenn du den Waldemar einen habgierigen Grafen nennst. Aber er wird sich mit einem Teil des Schatzes nicht zufrieden geben, er wird alles haben wollen. Und wenn er erst alle Schätze hat, dann findet er Mittel und Wege, die Dame Helene dir wieder abzunehmen und sie doch dem Domherren zu übergeben. Zuzutrauen wäre es ihm. Der Waldemar ist kein Mann von Wort. Das weiß ich aus bitterer Erfahrung.«

»Dann will ich es anders machen. Ich werde mich in vollem Ornat bei Hofe präsentieren und den Domherren so reizen, dass er nicht anders kann, als mich zum Zweikampf zu fordern und dann werde ich ihn besiegen und dann bekomme ich Helene, ohne den Schatz auch nur erwähnen zu müssen.«

»Das ist schon viel besser, lieber Sohn.«

Und Arne machte sich mit Hilfe von Tante Marie auf die Suche nach passender Ausstattung, sie durchwühlten alle Truhen und Schränke, aber es war nicht allzu viel, was sie an Kleidern fanden. Schon überlegte Arne, ob er nicht in die Stadt reiten solle, da hörte er eine hohe Fanfare blasen und dann eine helle Stimme, die im Burghof rief:

»Kommt, so kommt! Hört alle her und macht Herzen und Börsen weit auf. Der weltberühmte Kaufmann und Reisende aus Dänemark ist wieder im Lande. Morgen wird hier bei euch vor den Toren der Burg auf dem Dorfanger der weltberühmte Kaufmann Lasse Bergstroem sein Lager aufschlagen und seine Waren feilbieten. Kommt und schaut!! Kommt und kauft!!«

Am nächsten Morgen liefen alle zusammen und da standen auf dem Anger die großen langen roten Wagen des reisenden Kaufmanns. Lasse Bergstroem war hier kein Unbekannter, er pflegte etwa alle vier Jahre hier in der Gegend aufzutauchen, seine roten Wagen waren stets von einem Dutzend harter breitschultriger Kämpen begleitet, die schwer bewaffnet waren, und so konnte er auch unbehelligt durch gefahrvolle Lande ziehen, um seine Waren feilzubieten. Alle wussten, dass er immer äußerst seltsame und edle Dinge mit sich führte.

Nun wurden die Luken an den Wagen geöffnet und der Verkauf begann. Die Dörfler wussten, dass der Kaufmann etwa eine Woche hier seine Waren auslegen würde, ehe er wieder weiterzog. Knappe Oskar war schon sehr aufgeregt, er hatte nach der Ankündigung mit Arne abgesprochen, dass er kaufen könne, was immer er wolle, er würde dann aus dem Schatz die entsprechenden Gold- oder Silberstücke erhalten.

Und er hatte nach seinen Ausführungen sich als Erstes den erbeuteten Helm ergriffen, den wollte er dem dänischen Kaufmann als Tauschware anbieten, denn dieser Helm war reich verziert und sein Helmbusch zeigte noch keine Abnutzungserscheinungen. Oskar wurde bei den roten Wagen dann zu einem kleinen Abteil im Inneren geführt, wo ein älterer Mann, auch ein Däne, wie seine Aussprache verriet, mit einem Schnauzbart den Beutehelm sorgfältig untersuchte und prüfte und fragte, wo und wann und wie Oskar zu diesem Stück gekommen sei. Es stellte sich heraus, dass dieser Helm einem Kämpen aus der Elitetruppe derer von Prunzelschütz gehört hatte, das war eine Söldnerschar, die ihre Waffendienste und Soldatenkräfte vermietete an alle, die dafür genug bezahlen konnten. Auf dem Helm war unterhalb des Busches sogar noch das gepunzte Wappen derer von Prunzelschütz auszumachen, der dänische Mann zeigte es Oskar. Dann machte er einen Preis, der Oskar angemessen erschien, und gab dem Knappen dann ein Pergament, mit welchem er in den roten Wagen einkaufen gehen konnte. Oskar war stolz und glücklich, so hatte er aus eigener Kraft, ganz ohne den Schatz zu bemühen, schon eine Menge an Kaufkraft erworben. Und sogleich erfüllte er sich einen lang gehegten Wunsch, eher eine Notwendigkeit, er ließ sich ein paar neue gute Stiefel anmessen.

Das gesamte Gesinde der Burg durfte zu den Verkaufswagen gehen, und so manche Silberkette, so mancher Taler und Heller wechselte den Besitzer, und einige der Mägde zeigten auf einmal lachende Gesichter und führten stolz neue Ringe, Ketten oder Blusen vor, die Männer stolzierten mit frischen reich geschmückten Lederscheiden ihrer Messer und neuen bunten Federn an den Hüten oder blitzenden Sporen an den neuen Stiefeln. Denn der Däne hatte auch unter seinen Leuten Schneider und Schuster, die auf Wunsch neue Gewänder und Schuhe anfertigten. So kam auch Ritter Arne zu einem neuen und eleganten Aussehen, er war mit Tante Marie in den zweiten Wagen gegangen worden und dort fühlte er sich völlig ausgeliefert den Äußerungen des Schneiders und den Entgegnungen der Tante, sie wühlten in bunten Stoffen aus Brabant und Flandern, prüften Hemden aus Atlasseide und zart gesponnenem Leinen; er musste sich so oft umziehen, dass ihm fast schwindelig wurde; und am Ende der zwei Tage war er von Kopf bis Fuß neu eingekleidet und kam sich wie ein rechter Geck vor. Im Arbeitszimmer seines Vaters sollte er dann diesem alles vorführen, Tante Marie hatte darauf bestanden, und voller Wohlgefallen betrachtete der stolze Vater seinen Sohn im neuen Gewand.

»Ja, das sitzt doch sehr hervorragend. Wenn du nun noch diesen Edelsteindolch dazu in deinen Gürtel steckst, dann schaust du aus wie ein rechter Edelmann. Dann werden alle Gäste des Grafen dich für einen der ganz Reichen des Landes halten und es wird dir leichter fallen, mit dem Domherren ins Gespräch zu kommen und diesen zu beleidigen. Verhalte dich wie ein vorlauter eitler Geck, zumindest den Männern gegenüber, dann wird dein Plan schon gelingen. Und was die edle Dame Helene betrifft, wenn sie dich in solch einem Aufzug sieht, dann wird sie dir erst recht gehören wollen!«

Arne brachte auch Tante Marie dazu, sich ein neues Festtagskleid zu erwerben und einen dazu passenden Hut, dem Vater kaufte er bequeme weiche Pantoffeln, denn er wusste wohl um dessen schmerzhafte Gicht. Für einige vom Gesinde der Burg kaufte er bequemes Schuhwerk und den Mägden gab er jeder noch einen neuen Umhang, denn er wusste, im Herbst kam wieder der Regen.

Auch der wackere Knappe Oskar wurde neu eingeklei- det, er bekam neben neuen grünen Hosen ein leichtes Wams aus Hirschleder mit einer Perlenschnur, die sich die Ärmel hinaufringelte, ein zweites Paar neuer Stulpenstiefel und dazu einen Gürtel mit Schwerthalter und vor allem aber, darauf war Oskar besonders stolz, einen neuen Hut, der hatte eine ziemlich breite geschwungenen Krempe mit zwei langen bunt gefärbten Pfauenfedern zur Verzierung; er fühle sich damit unbesiegbar. So wurde der Schatz um einige Gold- und Silberstücke kleiner.

Lasse Bergstroem war sehr zufrieden mit dem Ergeb- nis aller Verkäufe und versprach beim Abschied, schon in zwei Jahren wieder auf Burg Dries vorbeizukommen.

Am Tag der Abreise der roten Kaufmannswagen traf auch Hermann auf einem kleinen Pferd ein. Arne stellte ihm seinen Vater vor:

»Das ist Hermann, der Gehilfe des Jagdaufsehers Gero.«

Und Hermann berichtete, dass Gero ihm den Auftrag gegeben hatte, Arne zu erzählen, dass nun die edle Dame Helene zusammen mit dem Domherrn die Reise zurück in das Schloss des Grafen Waldemar angetreten habe und in den nächsten Tagen dort eintreffen werde. Soweit der Gero wisse, sei dann ein großes Fest geplant und er sei sich sicher, dass auch eine Einladung an Arnes Vater ergehen würde. Denn einerseits geböte so etwas die Höflichkeit der edlen Stände, andererseits wusste der Graf aus allen Jahren vorher, dass Arnes Vater seit dem Tode seiner Ehefrau nicht mehr ins Schloss gekommen war. Also schickte der Graf immer wieder Einladungen in der Hoffnung, dass diese doch nicht angenommen werden würden. So hatte er seine offizielle Pflicht erfüllt und weil dieser Gast nicht kam, war es für ihn viel billiger. So etwas mochte Graf Waldemar, nach außen hin als großzügig erscheinen und gleichzeitig innen seinen Geiz pflegen. Auch diesmal würde Arnes Vater nicht erscheinen, aber in diesem Jahr war es anders, Ritter Arne würde mit der Einladung am Hofe als Stellvertreter seines Vaters im Schloss Freierswald erscheinen.

Es dauerte noch ein paar Wochen, dann kam der Bote des Grafen angeritten und überbrachte die Einladung zu einem großen Feste beim Grafen Waldemar, es sollte ein Turnier stattfinden aller Tapferen der Grafschaft und dann, so stand es in dem Pergament, gebe es noch eine Überraschung als Höhepunkt der Festlichkeiten. Der Bote wurde ausgiebig befragt, aber er wusste nicht, was sich Graf Waldemar wohl ausgedacht haben mochte. Er wurde in der Burgküche gut beköstigt und ritt am nächsten Tag weiter, er hatte noch anderen Empfängern die Einladung zu überbringen.

Arne und Oskar schnürten ihre neuen Gewänder sorgfältig zusammen und verstauten sie in den Packtaschen ihrer Pferde. Für die Reise zum Schloss Freierswald genügten ihnen die altvertrauten und bewährten Kleider. Jedoch benötigten sie ein zusätzliches Packtier, denn Arnes Rüstung musste ja mit für das Turnier, und dazu kamen noch die scharfen Eisenspitzen der Turnierlanzen; diese wurden dann an Ort und Stelle auf die Lanzen aufgesetzt, die Lanzen selber waren aus jungen Fichtenstämmen aus dem Forst der Umgebung gefertigt, denn es war für alle Ritter höchst unbequem, wenn sie ihre Lanzen mit sich führen sollten, manche hatten einen Anreiseweg von über zwei Wochen, die Straßenverhältnisse waren nicht allzu gut und meist ging es über Pfade und Viehweiden oder durch dichte Wälder, da hätten die langen Lanzen nur hemmend eingewirkt.

Ritter Arne und Oskar nahmen den gleichen Weg am Fluss entlang wie beim letzten Mal und Arne legte großen Wert darauf, dass sie an der selben Stelle ihr Nachtlager aufschlugen, wo sie damals den Alten vom Berge angetroffen hatten. Am Abend brannte das Feuer hell und warm, Mücken summten herum, das Wasser plätscherte leise, Ritter Arne ging gedankenverloren um die Bäume und wollte auf irgendeine Art und Weise dem Alten vom Berge Dank sagen, dass er ihm damals das Geheimnis des Keltenschatzes enthüllt hatte. Er schritt hin zu dem Baum, aus welchem der Alte vom Berge damals gestiegen war. Der Spalt war breiter geworden und in der Höhlung hatte sich ein riesiges Hornissennest ausgebreitet, so groß wie ein Pferdekopf. Arne stand da und betrachtete es, da kam auch Oskar heran und meinte:

»Nur gut, dass der alte Mann da herausgekommen ist. Eine solche Art von Nachbarn hat man doch nicht allzu gern.«

»Ich denke, dieser Mann könnte mit allen Wesen gut Freund sein.«

»Wollen wir es ausräuchern, Herr Ritter, nach alter Art und Sitte?«

»Nein. Oskar, wir lassen alles so, wie es ist. Diese Tiere haben auch ein Anrecht auf ihr Leben. Versteh mich recht, sie sind eben einfach anders als wir und für Hornissen sind andere Dinge wichtiger als für uns. Leben und leben lassen. Wir können doch gut nebeneinander her leben. Sie stören uns doch nicht, und wenn du ihnen nicht in die Quere kommst, stechen sie auch nicht.«

Doch auch im Mondenschein kreisten immer wieder seine Gedanken um die Dame Helene und sein Herz war voller Freude, er würde sie bald wiedersehen.

16

Sie schliefen tief und traumlos und konnten erfrischt am nächsten Tag ihren Weg fortsetzen. Als sie aus den tiefen Wäldern herausgekommen waren, sahen sie den Hügel mit Schloss Freierswald vor sich liegen. Im Näherkommen konnten sie die Arbeiten für die Kampfbahnen am Fuße der Burg erkennen: Da wurden Gerüste für die Sitztribünen der Damen gebaut und die Trennstangen zwischen den Kampfbahnen, auf den die Ritter sich mit eingelegter Lanze hoch zu Ross dem Gegner stellen sollten; daneben der kleinere Kampfplatz für die Bogenschützen mit den variablen Zielscheiben, das waren hohe Strohballen, auf denen pergamentene Hirsche, Schweine oder Füchse aufgemalt waren. Beim Aufgang zum Schloss selbst waren an beiden Seiten des Weges hohe Stecken mit bunten Bändern aufgestellt, auf allen Zinnen der Burg flatterten die verschiedensten Fähnchen und über dem Haupteingang prangte das Bildnis des Grafen Waldemar.

»Ich glaube wenigstens, dass es den Grafen darstellen soll«, flüsterte Arne zu Oskar, als sie beide den in Öl gemalten überlebensgroßen Kopf betrachteten.

»Fällt dir auch auf, das er an der oberen linken Ecke schon ein wenig einzufallen beginnt?!«

Dort hatte sich offenbar ein Nagel gelöst und der Stoff, auf dem der Kopf gemalt worden war, flatterte ein bisschen in der Zugluft, die wie immer um die Burgtürme wehte.

Burghof und Flure waren voller Menschen, das gesamte Gesinde des Grafen und alle Bediensteten der angerittenen Gäste wuselten und eilten durcheinander und miteinander und zueinander, Oskar fand es herrlich, denn immer wieder gab es für ihn eine Gelegenheit, einer schönen Magd oder einem jungen Fräulein wie zufällig in den Rücken zu fallen oder in der Enge sich an sie zu drücken, und das Erspüren warmer weiblicher Rundungen war für Oskar der reinste Jungbrunnen. Nur mühsam konnte Arne ihn zu ihrem Quartier mitziehen. Von der Dame Helene oder dem Domherrn war nichts zu sehen, aber Arne wusste, dass diese sich in den oberen Gemächern befanden. Er würde schon noch seine Gelegenheit erhalten. Zunächst galt es, sich umzuziehen und dann als vermögender Geck seine Runde unter den anderen Rittern und vor dem Gesinde zu spielen. Oskar zog ebenfalls seine neuen Kleider an, denn als Knappe eines Reichen war auch er zu einem hochmütigen und vornehmen Verhalten verpflichtet.

So stolzierten sie denn beide nach dem üblichen Mittagsmahl auf den Gängen des Schlosses, durch die geöffneten Säle und Galerien wie die vielen anderen Ritter und Edelleute auch, hier ein kurzes Nicken des Kopfes, dort ein Innehalten im Gehen und ein oberflächliches Geplauder, im großen Saal ein bewunderndes »Aah!« und »Ooooh!« beim Anblick der funkelnden Garderoben. Arne war nicht der Einzige, der in weichem Seidentaft mit dem Edelsteindolch an seiner Seite viele Blicke auf sich zog. Entsprechende Blicke bis zu finster dreinschauenden Gesichtern gaben Oskar immer wieder Anlass zu einem inneren Gelächter. Er trug an der linken Hand einen Ring mit taubeneigroßem Rubin aus dem Schatz, Arne hatte sich gleich fünf sehr auffällige Ringe über die Finger gezogen und dazu noch vier, fünf güldene Kettchen mit Opalen und Diamanten um die Handgelenke geschlungen. Er kam sich vor wie ein Christbaum im vollen Ornat.

Mit hoch erhobenem Haupte schlenderten die beiden im gemächlichen Gleichklang durch die Räumlichkeiten, und nur zuweilen, wenn ein Frauenblick besonders intensiv erschien, blieb Arne stehen und verbeugte sich vor der schönen Dame, die unter der hohen Frisur mit bezauberndem Lächeln auf sich aufmerksam gemacht hatte. So manche der weiblichen Wesen hier waren Töchter von eher verarmten Adeligen, die auf der Suche nach einem zahlungskräftigen Ehemann waren, und die eleganten Kleider von Arne, der sich sogar einen so herausgeputzten Knappen leisten konnte, ließen wohl so manches Herz höher schlagen, wobei es vor allem die Herzen der Väter waren, die nur zu gern den Arne als Schwiegersohn auf ihre eigenen Burg geholt hätten.

An der Tafel zeigte sich dann auch endlich der Graf höchst selbst, er speiste mit gutem Appetit und betrachtete voller Wohlgefallen die Vielzahl seiner Gäste. Denn Graf Waldemar wusste wohl, wenn er auch jetzt eine ganze Menge Dukaten für das Fest ausgeben musste, würde er im Herbst dann den Bauern und Leibeigenen ein wenig mehr an Steuern auferlegen, und außerdem, wenn bei diesem Fest alles so lief, wie er es geplant hatte, dann bekam er vom Domherrn eine Kiste voller Taler.

Die Leuchter der Tafel ließen das Geschmeide der Gäste und vor allem der Damen immer wieder aufblitzen, das es nur so eine Freude war. Der Wein tat sein übriges, die Reden wurden lauter, die Wortwahl kühner, manche beobachteten die anderen, die ja schließlich beim Turnier als Konkurrenten zu betrachten waren, voller Argwohn und hofften, dass diese sich zu viel des Weines erfreuten und dann mit schwerem Schädel nicht mehr in der Lage sein würden, die Lanze festzuhalten oder beim Bogenschießen das Ziel auch nur zu erkennen. Bis weit nach Mitternacht ging das Gelage, aber zu Arnes großem Missfallen ließen sich sowohl die Dame Helene wie auch der Domherr nicht blicken. So ging er dann unverrichteter Dinge zurück in seine Gemächer und warf seine edlen vornehmen Kleider und die Juwelen verachtungsvoll auf die Lagerstatt. Oskar half ihm aus dem Seidenhemd und den neuen hohen Stiefeln, Arne war nur zu froh, diese ausziehen zu können.

»So neue Schuhe schmerzen ganz furchtbar. Lieber ein Gang auf der Turnierbahn zusätzlich als noch einmal solche neuen Schuhe einlaufen!«

Oskar schmunzelte und meinte beim Einreiben von Arnes schmerzenden Füßen, dass Arne im Laufe seines Lebens noch so manches Schuhwerk einlaufen würde.

Da hörten sie ein zaghaftes Piepen. Sie schauten sich um, aber zunächst sahen sie nichts und niemanden. Dann erklang das Piepen wieder, diesmal näher an der Türe, und Oskar erblickte einen kleinen Vogel mit rotem Brustgefieder, der auf dem Türrahmen saß und immer wieder klägliche Töne ausstieß.

»Komm, öffne rasch das Fenster! Der Vogel muss wieder nach draußen. Er vermisst sicher schon seine Freunde oder Eltern.«

Arne öffnete das eine und Oskar das andere Fenster, dann versuchten sie das kleine Vögelchen mit wehenden Armen und flatternden Tüchern von der Tür zu den Fenstern zu scheuchen, und endlich gelang es, der Vogel breitete seine kleinen Flügel aus und flog aus dem einen Fenster hinaus in die Nacht.

»Wir können die Fenster gleich offen lassen. Es wird nicht mehr regnen und die frische Luft tut uns sicher gut, macht den Kopf schneller wieder klar.«

Oskar nickte nur, er war rechtschaffen müde. Er hätte nicht gedacht, dass vornehm sein so anstrengend sein kann.

17

Am nächsten Tag begann das Turnier.

Zuerst waren die Bogenschützen an der Reihe. Hier zeichneten sich vor allem die Knappen der Ritter und die Jagdaufseher der großen Ländereien aus, Herr Gero war auch unter den Schützen und Arne hoffte sehr, dass dieser tüchtige Mann zu den Siegern gehören würde. Er selbst zog wieder seine Prachtgewänder an und stolzierte auf der Schlossmauer herum, allen Lauschenden verkündete er mit leicht schriller Tonlage, dass er sich dieses Bogenschießen nicht antun werde, der Weg zum Schießplatz sei für seine Stiefel viel zu staubig und die Einwirkung der Sonne könne seine Augen zu sehr blenden, daher trage er auch diesen hohen Hut mit der breiten Krempe. Den Hut trug er tief ins Gesicht gezogen, so konnte er besser unbemerkt seine Umgebung beobachten und vor allem, die anderen konnten seine Gesichtszüge nicht so schnell bewerten. Oskar ging immer ein paar Schritte hinter seinem Ritter und spitzte die Ohren, oft hörte er in dem Getuschel der anderen, dass dieser Ritter wohl einer der ganz reichen sein müsse, denn er trage heute schon wieder ganz andere Gewänder als gestern Abend, und auch seine Ringe seien von denen verschieden, die er an seinen Fingern beim Tafeln gestern getragen habe. Man begegnete Arne also noch respektvoller und man verbeugte sich noch tiefer als gestern, was bei Oskar dazu führte, dass er selbst noch etwas steifer und langsamer schritt, denn seiner Meinung nach war das viel vornehmer, und er dachte wie alle anderen auch: Je vornehmer der Herr, desto mehr sollte das auch auf seine Bediensteten abfärben. Also setzte Oskar eine hoheitsvolle Miene auf und ging so, als habe er einen Stock verschluckt. So verging der Tag, und als die Sonne unterging, zog sich Arne wieder in seine Gemächer zurück. Gemeinsam mit Oskar suchten sie unter ihren Beuteln, Taschen und Säcken nach neuen Gewändern und vor allem neuen Ringen, sie sollten heute Abend noch protziger sein als am vorigen.

Als die Musik aus dem großen Saal erklang, schritten sie die Treppe hinunter. In dem halbdunklen Gewölbe hielt Arne plötzlich inne und hob warnend die Hand. Er hörte ein lautes Gelächter. Vorsichtig schritten sie weiter, und zum ersten Male war Arne froh über seine neuen Schuhe, sie hatten weiche dünne Sohlen und waren auf den Steinstufen nahezu geräuschlos. Er hielt am Fuße der Treppe an und lugte vorsichtig um die Ecke. Da standen drei Männer in festlichen Gewändern, darunter auch der Domherr. Dieser trug wieder sein schwarzes Habit und legte gerade einem der Männer seine Hand bestätigend auf die Schulter:

»Aber Herr van Oyten, ich habe noch nie bei einer Frau um ihre Hand angehalten. Und das werde ich auch nie machen. Frauen sind dazu da, uns Männern zu dienen, in jeglicher Hinsicht. Und bei dem Mündel des Grafen Waldemar war es nicht anders als sonst auch. Es war der Graf höchst selbst, der mir den Vorschlag gemacht hatte, diese Dame Helene zu ehelichen. Sobald ich sie zur Frau genommen habe, erhalte ich vom Grafen eine Jahresrente von tausend Golddukaten! Da kann man doch nicht nein sagen, oder?«

Die Männer lachten laut auf und Herr van Oyten fragte nach:

»Und habt ihr dann die Dame selbst noch gefragt?«

»Diese Dame, wie ihr sagt, habe ich natürlich nicht gefragt. Das hat der Vormund schon besorgt. Der hat ihr klipp und klar erzählt, sie habe mich zu heiraten, wie er es beschlossen hat. Ihr wisst ja, Frauen sollen keinen eigenen Willen haben.«

»Und wenn sie nicht will, ich mein ja nur …«

»Glaubt ihr wirklich, ich lasse mir so eine Partie entgehen?! Tausend Dukaten im Jahr, ohne etwas dafür tun zu müssen. Zum Glück ist diese Dame ja ganz ansehnlich, aber ich kann euch sagen, sofort nach der Hochzeit rufen mich dringende Geschäfte und ich bin dann weg. Zumindest für die nächsten zehn Jahre. Soll sie sich doch auf meiner Burg mit Stickarbeiten und Haushaltsführung abmühen. Die Welt ist so groß und es gibt noch so viele andere Frauen, die merklich schöner und liebreizender sind.«

Alle lachten wieder und dann schlenderten sie weiter, immer den Klängen der Kapelle in den großen Saal folgend.

Arne schäumte vor Wut. Für einen solchen Schurken hatte er den Domherren gar nicht gehalten. Nun, er würde schon dafür sorgen, dass seine Helene nicht mit diesem Menschen vor den Altar treten würde.

Er brauchte ein paar Minuten, um sich soweit zu beruhigen, dass er zusammen mit Oskar wieder weiter gehen konnte. Er schritt durch die festlich gekleidete Menge und suchte den Domherrn. Endlich erblickte er ihn, dieser stand zwischen einem Säulendurchgang mit zwei, drei anderen Männern plaudernd. Arne ging näher heran und stellte sich hinter eine der Marmorsäulen, Oskar als Sichtschutz vor sich haltend, dann aus den Augenwinkeln sah er, wie sich der Domherr auf den Durchgang zubewegte, er gab Oskar einen kleinen Schubs und dieser stand dem Domherrn auf einmal mitten im Wege.

»Hinfort, du törichter Geselle, aus dem Weg! Aber sofort! Geh lieber zu den Schweineställen, Hundsfott, wo du hingehörst!«

Und er stieß Oskar so gehörig in die Rippen, dass dieser taumelte und fast gestürzt wäre.

Da presste Arne rasch den Domherrn an die Marmorsäule und setzte ihm den Dolch an die Kehle:

»Ihr werdet euch sofort entschuldigen bei meinem Knappen, Herr, oder Euer Blut wird triefen!«

Der Domherr schaute in Arnes zornige Augen, sein Gesicht rötete sich, ob vor Wut oder Scham, ist fraglich. Arne dachte, dass der Domherr sich über sich selbst ärgerte, weil er sich so hatte überraschen lassen. Die Spitze des Dolches ritzte ein kleinwenig die Haut des Domherrn unterhalb des Kehlkopfes; Arne fühlte, wie der ganze Körper seines Gegners zitterte. Er drückte ihn noch etwas stärker gegen die Säule und zischte aus den Mundwinkeln:

»Los jetzt! Ich möchte nicht so lange hier warten müssen. Die Damen in diesem Schloss sind sehr ungeduldig!«

Inzwischen hatten sich eine ganz Reihe Leute um sie geschart, im Halbkreis standen sie um die beiden herum und schauten, die Männer teils verwundert, teils teilnahmslos, denn solcherlei Händel ging sie nichts an; die Damen hielten ihre Batisttücher vor die Münder und schauten mit großen weit aufgerissenen Augen zu, sie regten sich kaum. Endlich stieß der Domherr ein: »Ich entschuldige mich vielmals« zwischen den Zähnen hervor.

Im Sekundenbruchteil war der Dolch wieder in seine Edelsteinscheide zurückgesteckt, Arne trat zwei Schritte beiseite, zog aus dem Ärmel sein geklöppeltes und stark parfümiertes Tüchlein hervor, wedelte damit dem Domherren um die Nase und meinte:

»Ach, übrigens, Ihr solltet Euch einen neuen Schneider suchen. Allein Euer Kragen, wenn ich so herumlaufen würde, dann hätte ich wahrhaftig Grund, mich zu schämen.«

Damit wandte er sich um und schritt munter in die große Halle zur Musik, wo sich schon einige Edelleute mit ihren Damen im Menuett erprobten. Oskar folgte ihm und konnte nur mit Mühe ein zufriedenes Grinsen verbergen.

Der Domherr aber schaute mit zornerfüllten Blicken dem Ritter nach und murmelte:

»Na warte nur, das werde ich dir noch heimzahlen!«

Er fuhr sich mit der Linken über seine Kehle und als er dann an seinen Fingern ein paar Blutstropfen sah, schäumte er regelrecht und rannte fast hinauf in seine Gemächer. Er hatte jetzt einen dringenden Befehl an seine ganz spezielle Truppe zu senden. Er nahm sich noch nicht einmal die Zeit, sich zu setzen, er griff das nächste Stück Pergament und tunkte die Feder ein und schrieb seine Anordnung mit hastiger Schrift auf, streute den Sand darüber und versiegelte dann den zusammengefalteten Brief. Dann rief er seinen Burschen, der eilends aus der Küchenregion des Schlosses angerannt kam. Diesem befahl der Domherr dann, dieses Schreiben sofort in die graue Heide zu bringen, dort im Gasthof »Zur alten Mähre« würde er schon die Anführer der Eingreiftruppe des Domherrn finden.

In der großen Halle machten die Musiker eine Pause, die Edelleute mit ihren Damen wandelten umher, tranken Wein oder kleine Gläser von hochprozentigem Schnaps oder nahmen von den herumgehenden Dienstboten kleine Süßigkeiten und Kuchen, die diese auf silbernen Tabletts vor sich her trugen und anboten. Arne hatte inzwischen auch die Dame Helene erspäht, sie saß neben dem Grafen auf einem der erhöhten Podeste, die rings an den Wänden aufgebaut waren; denn es gab so manchen Ritter und Edelmann, der lieber von einer solchen Warte aus dem Geschehen auf dem Tanzboden zusehen mochte als selbst sich zu den Klängen der Musik zu bewegen. Außerdem, das kam noch hinzu, gab es bei so manchem der Herren die körperlichen Auswirkungen der Gicht oder diverser Stürze von Pferden, Hausdächern oder Felsen, die nie so ganz ausheilen wollten, denn gute Wundärzte gab es nur wenige. Meist gingen die Menschen mit ihren Gebrechen zu den Badern oder den alten weisen Kräuterfrauen. Der Haushofmeister stieß seinen

Amtsstock auf und verkündete, dass der nächste Tanz nun eine Pavane nach französischem Vorbilde sei.

Arne trat zu der Dame Helene und bat den Grafen höflich mit einer äußerst tiefen Verbeugung um die Erlaubnis, mit dessen Mündel einen Tanz zu wagen. Dem Grafen war der reichliche Schmuck dieses jungen Ritters schon aufgefallen und er hatte sicher auch schon von dem Händel mit dem Domherren gehört, aber er winkte huldvoll mit der Hand, und so durfte Arne die Dame Helene auf das glatte Parkett zur Pavane geleiten. Die Musik war schwungvoll und nicht immer ganz tonrein, aber sie hatten ihren Spaß daran, sich gemeinsam zu bewegen, Arm in Arm vor allen Leuten. Dann war der Tanz zu Ende und Arne führte Helene wieder zurück zu ihrem Platz und verbeugte sich tief:

»Ich sage ihnen meinen tiefsten Dank, holde Frau!«, sagte er mit einem kleinen Lächeln.

»Wenn ihr es noch einmal wagen solltet, mit meiner Braut zu reden, dann weise ich euch in die Schranken, wo ihr hingehört. Ihr Flegel.«

Der Domherr war unbemerkt hinzu getreten und stand nun in strammer Haltung vor Graf, Helene und Arne. Ritter Arne streckte sich noch ein wenig höher und nahm dann wieder sein parfümiertes Tüchlein und ließ es lässig von einer Hand in die andere gleiten.

»Sagt an, meintet Ihr mich, Herr von und zu?«

Der Domherr schaute kalt wie ein Eisblock drein und dann, unvermutet, schlug er Arne mit seinem Handschuh heftig an die Schulter.

»Hier meine Forderung: Morgen auf der Turnierbahn.

Wir kämpfen bis zum Ende. Oder aber Ihr zieht Euch sofort zurück, Feigling, der Ihr seid!«

Arne war blass geworden, Helene hielt sich erschrocken die Hand vor den Mund, lediglich der Graf stand auf, räusperte sich und sagte dann mit einer weitausholenden Bewegung seines rechten Armes:

»Also hört alle her! Hier wird es morgen ein ritterliches Turnier geben. Es wird eröffnet werden mit einem Kampf auf Leben und Tod zwischen dem Domherren Hagen von Hevekost und dem jungen Ritter, wie war doch Euer Name gleich?«

»Arne van Driest.«

»Und dem Ritter Arne van Driest. Wir werden alle Zeugen sein können, morgen Mittag, wenn die Sonne im Zenith steht, wird der Zweikampf stattfinden. Für heute Nacht steht nur den Kämpen die Schlosskapelle offen.«

Der Domherr und Arne verbeugten sich vor dem Grafen und schritten davon.

Arne ging mit seinem treuen Knappen Oskar in seine Gemächer. Er stellte sich ans offenen Fenster und schaute in die Nacht; Der Mond stand nicht sehr hoch, aber der Turnierplatz war deutlich zu erkennen mit seiner Barriere. Dort würde es sich entscheiden. Glanz oder Gloria, Glück oder Tod, Helene oder nichts. Nein, allein schon für Helenes Glück durfte der Domherr keine Oberhand gewinnen!

Er wandte sich entschlossen an Oskar:

»Morgen also gilt's! Putz meine Rüstung blank, das Schwert will ich selbst noch einmal schärfen.«

»Mein guter Ritter! Musstet Ihr Euch denn auch auf diesen Zweikampf einlassen?«

»Ich musste, und ich wollte. Ich kann Helene doch nicht so einem überlassen, das musst du doch verstehen, Oskar!«

»Das ist mir klar. Aber man sagt, dass dieser Domherr ein Meister der Klinge sei und noch nie ein Turnier verloren habe.«

»Dann wird dieses wohl sein erstes Mal werden! Dabei fällt mir ein, für die Rüstung, ich werde nicht die volle Rüstung tragen. Denn ich glaube, wenn ich abgeworfen werde, und das scheint mir sehr wahrscheinlich, dann werde ich ja zu Fuß weiterkämpfen müssen, und da ist es besser, wenn ich beweglich bin und nicht durch die starre und schwere Rüstung zu träge sein werde. Also keine Beinschienen, keinen Panzerschutz oder Armbeuge, meine Arme will ich frei bewegen können. Es wird reichen, wenn ich zur Helmglocke das Kehlstück und die Halsberge über dem Brustharnisch trage. Darunter nur meine Brünne. An die bin ich schon so gewohnt, die wird mich nicht behindern.«

»Und die Eisenhandschuhe, Herr Ritter?«

»Die brauche ich auch nicht. Denn zuerst kommt der Lanzengang, das Holz kann ich auch mit den Lederhandschuhen gut halten, und dann das Schwert, das führe ich auch mit dem weichen Leder besser, da werden die Hände nicht so schwer wie von all dem Eisen der Gantelets, der Rüstungshandschuhe.«

»Wie Ihr wollt. Wenn ich es so recht bedenke, dann habt Ihr schon einen Plan, nicht wahr?«

Arne grinste verlegen.

»Einen Plan, lieber Oskar, ich wäre froh, wenn ich erst im Staub des Turnierplatzes vor dem Domherrn stünde und mein Schwert gut halten kann. Aber ich denke, die innere Kraft wird mir schon von meinem Gefühl für die edle Dame Helene gewährt werden.«

»Aber bedenkt, der Domherr wird eiskalt zuschlagen, sobald Ihr Euch nur die kleinste Blöße gebt.«

»Dann muss ich eben gut aufpassen. Aber nun lass uns ins Bett gehen, der Tag morgen wird es in sich haben, da brauchen wir all unsere Kräfte.«

Damit legen sich die wackeren Kämpen nieder. Als deutliche Schnarchtöne von Oskars Lagerstatt in die Luft stiegen, erhob sich Arne noch einmal und stellte sich ans Fenster, schaute über Turnierplatz und Felder, dachte an Helene und ballte die Fäuste. Für sie, nur für sie, und das gab ihm die Kraft und Gewissheit, doch den Sieg zu erringen. Dann ein kurzer Seufzer und er legte sich wieder hin.

18

Am nächsten Morgen nach dem Frühstück putzte Oskar die Rüstung seines Ritters blitzblank, Arne machte derweil seine morgendlichen Körperübungen, denn der Domherr war zwar stärker als er, was die bloße Kraft anbetraf, aber nicht so gelenkig und geschmeidig. Und damit wollte Arne diesen Hevekost schon ins Schwitzen bringen. Er dehnte und wärmte seine Muskeln auf, und als es Zeit wurde, da sattelte Oskar das sanfte Pferd.

Und dann ritten sie zur Turnierbahn. Dort waren schon viele Menschen versammelt, auf den Tribünen hatte die Damen in ihren Seidenroben Platz genommen und bezaubernde Hüte zum Teil mit Schleier bedeckten ihre Häupter, auf den hölzernen Absperrungen lehnten die niederen Ränge der Gesellschaft, aber auch Gefolgsleute des Domherren, die auf ihren Kitteln das Purpurwappen der Hevekost trugen. Ansonsten sah man Bauern, Tagelöhner, Hofgesinde, Handwerker und Baader, fast alle hatten ihre Frauen und Kinder mitgebracht, denn es hatte sich natürlich in Windeseile herumgesprochen, dass heute etwas ganz Besonderes stattfinde, ein Zweikampf auf Leben und Tod. Das hatte es lange nicht mehr gegeben. Sogar zwei Zeichner waren gekommen und hatten sich auf kleinen Hockern gegenüber der Haupttribüne niedergelassen, ihre Kohlestifte sortiert und die Pergamentblätter nach Größe geordnet. Neben der Kampfbahn hatte der Gastwirt aus dem nahen Dorf ein Fuhrwerk mit Gebratenem und einigen Fässern Bier aufgebaut, er erwartete wohl ein gutes Geschäft, denn der Tag versprach warm zu werden.

Die Sonne stand hoch am blanken Himmel, da kam der Graf mit seinem Gefolge herangeritten, die Hofdamen wurden in Sänften getragen, alle suchten ihre Plätze und gaben sich den Anschein höfischer Langeweile. Dabei hatten viele von ihnen schon am Abend zuvor einige Wetten auf ihren bevorzugten Streiter abgeschlossen, die meisten hatten natürlich auf den Domherren gesetzt, denn dieser hatte noch nie ein Turnier verloren.

Der Herold blies in sein Horn, sobald sich alle auf ihre Plätze gesetzt hatten, und dann trabte von der rechten Seite der Domherr auf einem gepanzerten Rappen an. Seine glänzende Rüstung war auch schwarz, sogar der wehende Helmbusch zeigte nur schwarze Federn. Eine dunkle Gestalt, nur das Wappen leuchtete in Purpur mit dem goldenen Ringe. Auf der Gegenseite kam langsam Ritter Arne angeritten; er war, wie er es erwogen hatte, nur leicht bekleidet, trug nur den Brustharnisch und das Kehlstück für den zu erwartenden Tjost, aber am Gürtel das Langschwert und an der rechten Seite den Edelsteindolch. Der funkelte fröhlich im Sonnenlicht, so dass die Dame Helene, die natürlich auch gekommen war, dieses als gutes Omen nahm, wenn sie auch zusätzlich ihre Hände rang und die heilige Britta um Hilfe bat, denn im Gegensatz zu dem Domherren in all seiner Pracht sah Ritter Arne so elend, so klein und verloren aus.

Der Herold gab wieder einen Hornstoß von sich, der Graf erhob sich und verkündete, dass es nun einen Zweikampf gebe auf Leben und Tod und dass sich beide Gegner nach den ritterlichen Regeln verhalten sollten, also nur mit den Waffen kämpfen durften, die sie mit sich führten; andernfalls würden sie durch den Profoss des Schlosses geköpft werden.

Die beiden Gegner senkten daraufhin zustimmend ihre Lanzen und begaben sich jeweils an das Ende der Trennbarriere. Dann ein erneutes Hornsignal, und der Kampf begann.

Der Domherr spornte sein Tier gleich zu einem wilden Galopp an, Arne ließ sein Pferd erst langsam antraben, dann gab er die Zügel frei, sie preschten aufeinander zu, die Stechlanzen zielten jeweils auf die Brust des anderen, dann vor der Haupttribüne kam das Aufeinanderprallen. Arnes Lanze glitt unter der Achsel des Domherrn hindurch, dieser hatte Arne getroffen und aus dem Sattel gehoben. Arne lag im Staub und schüttelte benommen das Haupt, ehe er sich sammelte und wieder erhob. Der Domherr hatte sein Pferd angehalten und umgelenkt, jetzt kam er mit der Lanze stechend auf den stehenden Ritter heran; Arne packte die Waffe des Gegners, zog kurz und stark, und weil der Domherr nicht nachließ, fiel er mitsamt der Waffe in den Sand der Kampfbahn. Die Lanze zerbrach, Arne stand ja schon und zückte sein Schwert, der Domherr rappelte sich mühsam in seiner schweren Rüstung auf und schaute durch das Visier nach seinem Gegner. Dann nahm er ebenfalls sein Schwert aus der Scheide und stakste auf Arne zu, beidhändig schlug er zu, Arne wich behend zur Seite aus und führte seinerseits einen Stich in die Seite des Hevekost. Aber er hatte nur mit einem hellen Klang auf Stahl getroffen.

Dann gab es Hieb auf Hieb und Streich auf Streich, Arne strauchelte über einen Stein und kniete am Boden, der Domherr hob seine Waffe zum entscheidenden tödlichen Schlag, da zückte Arne seinen Dolch und stieß ihm dem Hevekost bis zum Heft in die Seite. Dieser ließ das Schwert fallen, stöhnte auf und sackte dann langsam in sich zusammen, den Zuschauern kam es vor, als ob aus einem Ballon die Luft herausgelassen wurde. Da lag er nun im Staub der Kampfbahn, der großmächtige Domherr, und Arne stand über ihn, das Schwert noch in der Hand, sein Dolch steckte im Leib des Gegners.

Eine ehrfürchtige Stille lag über dem Turnierplatz, dann hob der Herold sein Horn und verkündete mit einem Signal das Ende des Kampfes. Der Hofstaat des Grafen saß wie erstarrt, nur ein paar der jüngeren Edelleute, die auf Arne gewettet hatten, erhoben sich und applaudierten. Die Dame Helene aber sandte ein Dankgebet in den Himmel und wischte sich die vor Aufregung schweißnasse Stirn trocken. Dann lief sie hinunter zu Arne, der noch immer vor dem entseelten Körper des Domherrn stand und es fast nicht glauben konnte.

Oskar kam gelaufen und klopfte ihm auf die Schulter, über das ganze Gesicht strahlend, und dann Helene, die nahm seine Hände und legte sie zärtlich an ihre Wange. Der Graf saß noch immer wie erstarrt und konnte nur ganz allmählich das Geschehen in seine Wirklichkeit aufnehmen.

Die Menge aber, die hinter den Absperrungen dem Kampf zugesehen hatte, brach jetzt durch diese und alle liefen herbei und Arne wurde auf die Schultern gehoben und Mützen flogen; zwar kannten nur wenige seinen Namen, aber alle hatten mitbekommen, wie einer der gefürchteten und gehassten schwarzen Herren besiegt worden war, das war Grund genug, sich zu freuen und zu feiern. Und es ward ein Hurrageschrei und sie trugen den jungen Ritter vor die Tribüne zum samtgeschmückten Sitz des Grafen. Dieser erhob sich wankend und sagte mit bebender Stimme:

»Ihr habt gesiegt. Was ist jetzt noch euer Begehr?«

Und Arne mit fester lauter Stimme forderte:

»Ich bitte Euer Gnaden um die Hand Eures Mündels, ich möchte das edle Fräulein Helene heiraten.«

Und der Graf, einer Ohnmacht nahe, angesichts der Ereignisse und all der erwartungsvollen Gesichter ringsum in der Menge, konnte nur noch sein Einverständnis geben. Da gab es kein Halten mehr mit dem Rufen und Hochleben, Arne wurde auf sein Pferd gesetzt und Helene vor ihm in den Sattel gehoben, die jubelnde Menge führte die beiden dann hoch zum Schloss. Sehr viel später kam der Graf mit seinem Gefolge. Er hatte jetzt eine Menge zu bedenken.

Es galt ja, eine Hochzeit vorzubereiten. Der Ort stand fest, Arne wie auch Helene wollten gern in der Kathedrale getraut werden. Der Bischof war einverstanden. Arne hatte Oskar als Boten ausgesandt, sein Vater musste dabei sein und, wenn er je wieder in ein ruhiges Heim kommen wollte, musste unbedingt auch Tante Marie in der Kirche singen. Außerdem sollte seine Herzensdame ein besonderes Geschenk erhalten, da gab es nämlich im Schatz des Keltenfürsten ein Diadem, das der Helene ganz reizend stehen würde. Und da er keinem anderen so sehr vertrauen konnte wie seinem treuen Knappen, musste Oskar diesen wichtigen Botengang übernehmen.

Im Schlosse des Grafen wurden die Menüs durchgesprochen und die Jagdaufseher genau instruiert, welches Wild sie zu schießen hatten, die Bauern mussten bestimmte Lebensmittel herbeibringen, und nicht zuletzt die Kaufleute sollten in ihren Scheunen und Kisten nach Besonderheiten suchen, denn eine derartige Hochzeit, es ging ja um das Mündel des Grafen, das war eine einmalige Angelegenheit.

Die Dame Helene war in ihren Gemächern von früh bis spät beschäftigt und wurde von den schwatzhaften Hofdamen in Trab gehalten, der Stoff für das Hochzeitsgewand musste ausgesucht werden, dann kamen die Schneider, die große Frage war, nach welcher Art und Weise sollte das Kleid nun angefertigt werden: die neue französische Mode zeigte eine Vielzahl an Spitze und fließenden Stoffen, Unterschiede zwischen Oberkleid und Unterkleid in verschiedenen Farben, Schleier und Perlen überall; die niederländische Modeneuheit waren gegürtete Kleider mit Kinnband, Tassel und Mantel. Oder doch lieber bodenständig mit pompösem Schulterkragen und Puffärmeln? ·

Helene wusste bald nicht mehr aus noch ein. Dass es so schwierig sein würde, hatte sie nicht bedacht. Alles war ihr so einfach erschienen nach dem Tode des Domherrn, Arne hatte um ihre Hand angehalten, der Graf hatte zugestimmt, der Termin für die Hochzeit war festgesetzt, und nun sollte die Feier an einem Kleid scheitern? Das kam gar nicht in Frage. Helene zog sich mit ihrer vertrauten Amme zurück und ließ Hofdamen und die verschiedenen Schneider und Schneiderinnen verwirrt zurück. Sie schloss sich mit ihrer Vertrauten ein ihren Gemächern und sie beschauten alle Entwürfe, verglichen, redeten, verwarfen, zeichneten neue Kleider, setzten andere Akzente bei Ärmeln oder Ausschnitt, bei Weite oder Enge, Hut oder nicht Hut, Schleier oder Schleife, weiße Handschuhe oder nur feine Spitze oder oder oder …!

Erschöpft fielen sie in Schlaf und am nächsten Tag ging die Suche weiter, bis nach drei Tagen endlich die Dame Helene ihre Türe öffnete und den wartenden Hofdamen und Schneidern ihr Bild von dem Wunschkleid auf einem Pergament zeigen konnte:

»So möchte ich mein Kleid haben!«

Und sie zeigte auf den Stoff, aus dem es gefertigt werden sollte. Alle seufzten auf und dann hieß es nur noch:

»Ach wie schön!« und »Das wird euch aber gut stehen!« und »Wie bezaubernd werdet ihr darin aussehen.«

Die Näherinnen machten sich an die Arbeit, sie schwangen die Scheren und Nadeln Tag und Nacht, und nach vier Tagen war das Kleid fertig und Helene mit der Anprobe zufrieden.

Arne hatte es einfacher, er zog eine gepolsterte Oberschenkelhose und seine neuen Stiefel an, dazu ein kurzes Wams aus edlem Tuch über dem Seidenhemd, auf dem Wams war sein Wappen eingestickt: die fünf gezackten Blätter des Dries auf der Drachenschuppe.

Die Hochzeit war auf ein Uhr mittags festgesetzt worden; sowohl der Bischof wie auch der Schamane der umliegenden Dörfer hatten diese Zeit als besonders günstig festgesetzt. Arnes Vater war mit Tante Marie und Oskar schon am frühen Morgen im Schloss angekommen, sie zogen sich in den ihnen zugeteilten Gemächern um. Oskar war gleich auf Arnes Geheiß hinauf zu der Dame Helene gegangen und hatte ihr das Diadem aus dem Schatz überbracht, damit sie es zur Hochzeit tragen könne. Helene war aus dem Staunen über den Glanz der Steine und die Pracht dieses Schmuckstücke gar nicht mehr herausgekommen und hatte sofort alles an Schleier und Brautkranz weggeworfen, denn allein das Diadem sollte ihr Haupt zieren.

Während die Dame Helene noch angekleidet wurde, war Arne in seinem Festornat schon mit Oskar auf dem Wege in die Stadt zur Kathedrale. Er hatte eine dicke Stumpenkerze gekauft und wollte diese auf dem Altar der heiligen Britta entzünden, denn schließlich hatte er ihr all sein Glück zu verdanken. Die Kathedrale war schon ansehnlich gefüllt, als sie gen Mittag dort ankamen. Die bestellten Musiker übten noch, besonders der Klosterchor hatte mit den hohen Tönen noch erhebliche Schwierigkeiten. Arne und Oskar knieten am Schrein der heiligen Britta und dankten für alle ihnen erwiesenen Gnaden, dann entzündete Oskar die dicke Kerze und stellte sie auf den Altar.

»Hört mal, Herr Ritter, da ist noch etwas«, begann Oskar und schielte während seiner Rede immer wieder durch die Pforte in die Kathedrale, damit sie ja nicht die Ankunft der Braut verpassten.

»Ich wollte euch noch von all dem Geschehen berichten, was ich da gesehen habe. Ihr erinnert euch doch noch an den Baum, in dem der Alte vom Berge gesteckt hatte, oder?«

Arne nickte.

»Nun denn«, fuhr Oskar fort, »Just an dieser Stelle fand ich einen ganzen Haufen toter Krieger, alle mit dem Zeichen des Domherrn auf ihren Gewändern. Und einer von ihnen lebte noch ein bisschen, ich gab ihm dann etwas Wasser und bettete ihn an einen Baum, so dass er auf den Fluss schauen konnte. Dieser Soldat erzählte mir dann, dass der Domherr dem Sergeanten des Haufens befohlen hatte, mit all seinen Mannen zur Burg derer van Dries zu reiten und diese dem Erdboden gleich zu machen. Das muss er schon gemacht haben, gleich nachdem Ihr ihn mit Eurem Dolch an seiner Kehle gekitzelt habt. Der Domherr hatte einen großen Trupp Bewaffneter in der grauen Heide versammelt, sie hatten dort ihre Ausbildungsplätze, der Hauptstützpunkt war die Wirtschaft »Zur alten Mähre«. Dorthin hatte der Domherr seine Order gesandt und dann hat der Sergeant seine Späher ausgeschickt, sie haben nur festgestellt, dass es auf der Burg van Dries keine größeren Mengen von Soldaten gebe, das ganze Unternehmen sei also ziemlich einfach. Also bestiegen sie ihre Pferde und ritten gemächlich hin, denn noch hatten sie keinen genauen Zeitpunkt für ihren Angriff bekommen. Sie haben dann an dem Platz gelagert, den wir auf unserer Reise auch ausgesucht hatten, direkt am Fluss, unweit des Baumes, wo der Alte eingesperrt gewesen war. Dann kam in der

Nacht ein Bote und berichtete ihnen, dass der Domherr im Zweikampf gefallen war. Daraufhin wurde beratschlagt und der Sergeant meinte schließlich, es sei im Interesse ihres jetzt toten Dienstherrn und sicher in seiner Absicht und gleichsam als letzte Opfergabe gedacht, also sie wollten als letzten Willen dieses von Hevekost seine Order erfüllen und am nächsten Morgen die Burg derer van Driest angreifen und schleifen.

Aber dann erhob sich ein gewaltiges Schwirren und Wirren, da waren Tausende von wilden Hornissen, die sich auf die Soldaten des Domherrn stürzten und sie überall zerstachen und lauthals schreiend liefen diese umher, manche sprangen ins Wasser, aber letztlich wurden alle von so vielen Insekten angegriffen, dass deren Gift sie alle hinwegraffte. Als ich dort ankam, fand ich nur noch einen Haufen toter Männer, bis auf den einen, und der starb dann in meinen Armen.

Ich bin mir nicht sicher, aber als ich diese grauenvolle Stätte der Toten verließ, da schien es mir, als ob ich das goldene Gefährt von der Oberfee Mab zwischen den Bäumen gesehen habe.«

»Das sind vielleicht Nachrichten!«, staunte Arne.

Da kam ein heller Trompetenstoß, die festlich geschmückte Braut betrat die Kathedrale, geführt von ihrem Oheim, dem Grafen. Die Orgel dröhnte auf, die anderen Musikinstrumente begannen leicht verspätet und dann nahm die Trauung ihren Lauf.

Arne schaute nur tief immer wieder in Helenes Augen, er wusste später nicht zu sagen, was der Bischof ihnen gepredigt hatte, und Helene erging es ebenso, sie war in einer Wolke von Glückseligkeit und schwebte förmlich aus der Kirche hinaus in die offene Kutsche, die sie durch eine jubelnde Menge wieder zurück auf das Schloss in den großen Saal brachte, wo dann die Feierlichkeiten drei Tage lang mit Tanz, Gesang und ständigem Tafeln von erlesenen Gerichten fortgesetzt wurde.

Nach einer Woche wurde endlich Abschied genommen, Arnes Vater nebst Tante Marie saßen in ihrer Kutsche. Arne, Oskar und auch nun die Ehefrau Helene hatten auf ihren Rössern Platz genommen; so waren sie nicht so eingepfercht und wurden nicht so durchgerüttelt wie in der Kutsche. Unten am Schlossgraben winkte ihnen der Jagdaufseher Gero zu und versprach, demnächst noch einen recht guten Hirsch auf Schloss Dries zu bringen.